璃
幼年型態
狐狸精(金毛)
Age / 438歲
Height / 101cm
Weight / 17kg
Nickname / 孔璃、迷你璃、小璃
Job / 米蟲
FOX SPIRIT

U0000387

璃
成年型態
狐狸精
Age / 438歲
Height / 162cm
Weight / 46kg
Nickname / 孔璃、迷你璃、小璃
Job / 米蟲
SPIRIT

GOBOOKS & SITAK GROUP©

GOBOOKS
& SITAK
GROUP©

三日月書版

三日月書版

Author 哈皮
Illust. 水佾
狐狸娘!
FOX
SPIRIT
vol.1
輕世代
FW275
三日月書版

FOX
SPIRIT
C·O·N·T·E·N·T·S

F O X S P I R I T

FOX SPIRIT

>>> Prologue_ 楔子

天空飄著毛毛細雨，夜晚的天空沒有月亮，是個適合做壞事的好天氣。一輛滿載廢棄家具的小貨車沿著蜿蜒的山路行駛，遠光燈在黑暗的山路上特別顯眼。

到了目的地，車上兩人確認四下無人後，不約而同地點了根菸。司機把出貨口對向山坡，升起載貨區把所有廢棄物倒下去，十分鐘後兩人開著空蕩蕩的貨車揚長而去。

廢棄物中，一張巨大的沙發沿著陡坡連滾好幾圈，撞毀一座長滿青苔、百年無人祭祀的小祠堂後，停了下來。

祠堂一毀，露出一塊刻滿符文、約十公分大小的石碑，上頭磨損的字體勉強能看見「狐精」兩個字。

「咚、咚、咚……」橡皮球和網球像賽跑一樣順著山坡不斷往下滾。體積較大的橡皮球彈得快了點，以絕妙的弧度彈過樹枝、彈過小石碑再彈到沙發上，接著撞上緊跟在後的網球，被彈到沙發後方，繼續無止境的旅程。而網球則是彈上凸起的石頭，接著撞倒石碑，地面上隨即出現火紅的光芒——

有什麼東西醒來了。

在那之後兩週。

陌生的世界，明明只是「睡了一覺」卻人事已非，像是懲罰她不該睡太久一樣——這是黑暗中那道嬌小身影唯一的想法。如果當年不是被其他妖怪陷害，被山下那群愚蠢的人類誤會，她也不至於遭到封印，落得如此下場。

現在她只能用「老天有眼」來安慰自己，因種種巧合讓她解除長久的封印，不至於「睡到」元神俱滅的程度。

不過現在說實在也好不到哪裡去，解開封印後，她發現自己修行兩百年的妖力已被奪走，剩下的只夠維持基本人形和使用一些小法術。加上身無分文，對世界認知嚴重斷層，這半個月來真的是過著比畜牲還不如的日子。且因山裡環境變化太大，出現許多原本沒有的柏油道路，讓打獵變得十分困難。獵物已經很少了，好不容易抓到的還營養不良，味道比以前差許多，害她只能有一餐沒一餐。

重新踏入人類社會後更辛苦，難聞的空氣、各種亂竄的鐵皮怪物、一棟又一棟的水泥高樓，和她認識的世界完全不同。加上她沒穿衣服，雖然妖怪的身分不至於讓她成為眾人注目的焦點，但還是常常被「看得見的人」發現，差點就被帶去奇怪的地方，逼得她只能在夜晚的巷道中行動，幾乎快被巷道裡的臭味熏死。

即使不願意，她也沒有其他選擇，只能走進她最討厭的人類社會，因為她的妖力就在這裡。

費盡千辛萬苦，憑著與妖力之間的連結，她終於來到自己妖力所在的大樓。

在想盡辦法偷偷潛入後，她一步一步、小心翼翼地朝自己的妖力前進。拚盡全力避開大樓內巡邏的妖怪，抵達最後一條走廊，然後徹底體會什麼叫咫尺天涯的痛苦。

最後的走道裡全是妖力布下的陷阱與結界。

看著眼前的走道，她千辛萬苦才到這裡，現在放棄太可惜了。她嚥了嚥口水，緊張地豎起耳朵和尾巴，小心翼翼地踏出一步——

「鈴鈴鈴鈴——」

沒想到腳尖才落地，警鈴瞬間響起，嬌小的身影一顫，本能地向後彈。她聽見許多接近的腳步聲，立刻轉身逃跑，才一出房間便看見遠方有許多人，下樓的樓梯和電梯都被堵死，根本無路可逃。面對人海，嬌小的身影看起來更加孱弱，但她依然不放棄地東張西望，接著注意到一扇半開的窗戶。

這裡是三十樓。

她根本顧不了這麼多，待在原地就只有等死一途，還不如奮力一搏。她靈巧地爬上窗戶，發現外頭只有勉強能踏腳的小縫隙和水管，她看向身後，哈哈苦笑幾聲，大力嚥了嚥口水後，踏出窗外——

FOX SPIRIT

>>> Chapter.1_ 關於都市裡，那些屬於妖怪的故事

一個三十歲左右的男人蜷縮在黑暗的角落，呼吸沉重，雙眼布滿血絲、緊盯著無人的街道。他的腦袋一片混亂，血液在血管裡亂衝，內心充滿憤怒。

若他現在能照鏡子，肯定會被額頭上漸漸長出來的犄角和自己的樣貌嚇到。

為什麼事情會變成這樣？為什麼她要這樣對我？

他不斷問著自己為什麼會被背叛，卻想破頭也想不出答案。不管怎麼思考，結論就只有一個。一個只要是單戀中的人都不願意承認的答案。

難道，我只是個工具人嗎？

這個答案讓眼淚在他的眼眶裡打轉，回想起這幾天她對自己的反應和態度，這個痛心的答案就越來越篤定。伴隨著憤怒和悲傷，他感覺自己的身體似乎出現了什麼變化，但是一切都太過自然，讓人無法察覺。

男人不知道自己是「半妖」，基因序列一半是人類、一半是妖怪的生物。這並不是父母刻意隱藏的祕密，因為就連他的父母——正確來說是他的父親，也不知道自己擁有一半妖怪的血統。男人的家族在三代以前是由妖怪和人類共組的家庭，這個祕密隨著曾祖父和曾祖母的逝世被永遠埋藏。延續至今，雖然「血的力量」讓他們沒辦法自由使用妖力，屬於妖怪的力量也十分淡薄，但只要透過特定的刺激或達成特定的條件，妖怪的部分就可能顯現——

有人正利用他的憤怒，激發他的基因中屬於妖怪的部分。

小巷深處，有群人影正偷偷摸摸地觀察著男人的變化，沉浸在憤怒裡的男人完全沒有注意到他們的存在。

那群人看著男人漸漸長出的犄角和緩緩增加的肌肉，他們知道第五十三項個體已經實驗成功。在確認成功激發實驗體的「妖怪之血」後，他們開始控制男人的行動，試圖讓對方成為聽話的傀儡。

不知情的男人沒有發現身體的變化，也沒察覺黑暗中的惡意，只專注在即將出現的目標上。男人會在這裡等，是因為這是女孩下班的必經之路，是他陪著她、送她回家無數次的熟悉道路。

但這次送女孩回家的人已經不是他，而是另一個男人。

若不是誤打誤撞，他恐怕到現在還被蒙在鼓裡。

他忘不了她挽著那個男人進門的那一幕，他在女孩家門前呆站了一整晚，直到那個男人帶女孩出門吃早餐為止。

一開始女孩還傻了一下，但是馬上反應過來，掛起虛偽的微笑介紹那個男人的身分——她的男朋友，彷彿在警告他別再來了。她的男朋友警戒地看著憔悴的他，女孩像是想掩飾什麼般開口——

「沒有啊，只是普通同事而已。」

一句話，讓他的心徹底碎了。

事後，女孩痛批他很噁心，他碎在地上的心再被補上這一腳，徹底化成齏粉，什麼都不剩的胸腔一瞬間被憤怒填滿。

最初，兩人毫無瓜葛，是她主動找上門。一開始他對她沒什麼特別想法，但女孩可愛的行為、撒嬌的動作漸漸地勾走他的心。男人愛上了她，從那時起，一切開始變質。一起吃飯、一起逛街、一起看電影，這些花費被女孩用各種理由推到男人身上，到後來連女孩的業務問題，男人也以協助的名義做了不少，甚至還為她吃上一場官司。

一切一切累積起來的點滴，讓男人覺得他們就是情侶，只是一直沒有說明白而已。雖然沒牽過手也沒接過吻，但他相信只要他開口一定都能成真，卻沒想到這都只是他的自我感覺良好而已。

這良好的自我感覺，在昨天狠狠地賞了他一巴掌。

昨天是女孩的生日，他特地買下要價一萬五的ＬＶ包包，想給女孩一個驚喜，卻看到如此讓人心碎的畫面。

今天在公司，女孩四處宣傳他很噁心，導致他被強制休假，這個社會連給他辯解的機會都不願意。

他以為自己擁有什麼，但事實上從一開始就是殘酷的零。

女孩封鎖了男人的臉書和 Line，不接他的任何一通電話，所以他才會蹲在這裡，想要一個答案。也因為這想要答案的心情，成為黑暗中那群人的目標。

牛角、黑眼、粗壯的上半身，若是脫下褲子，他肯定能發現自己的尾椎處長了一條牛尾。他是擁有「牛妖」血統的半妖，一種憨厚老實、力大無窮的妖怪。

牛妖在這裡等了一個多小時，女孩終於和她的男朋友一起走了過來。牛妖喊了女孩的名字，擋住他們的去路。他的模樣嚇了他們一跳，不過一認出牛妖是誰，女孩臉上的驚訝馬上變成嘲笑。

「你那是什麼裝扮啊？休假半天結果跑去參加化妝舞會嗎？」女孩開口嘲諷，原本可愛的臉此刻十分扭曲。

「你不是早上那個……原來就是你一直在糾纏我女朋友啊？」男朋友先生擺出一副很有男子氣概的樣子，還特地強調「女朋友」三個字，臉上全是勝利的光彩。

「請你別再糾纏我的女朋友好嗎？不要給臉不要臉啊！」

「我只是要她給我一個交代。」牛妖的聲音沙啞到連自己都嚇了一跳，但他還是繼續說：「這不關你的事。」

「我、我們之間本來就沒什麼好說的……」女孩心虛地說道，完全沒有反省的意思。「是你一直纏著我！」

「沒什麼好說的嗎……」牛妖雖然想提出證據，但除了女孩開口要求的那個LV包包，他什麼證明都沒有，而且只要女人要賴不承認，那也沒辦法成為什麼證據。

「喂，聽清楚的話就快滾吧，變態。」男朋友先生上前一步，推了牛妖一把，流氓地對著牛妖說：「少惹我啊，我可是跆拳道黑帶！」

男朋友先生的話、粗魯的肢體動作和高高在上的嘴臉將牛妖最後的理智徹底摧毀，他緊握拳頭，呼吸無比沉重，鼻孔不斷噴出白煙。看著這異常的一幕，女孩和男朋友先生不但沒有害怕，反而認為這是一些沒有用的小手段。

「哞——哞——」

「怎麼了？學牛叫？握拳頭？你是小學生嗎？以為這樣能給你力量？」男朋

友先生挑釁十足地說著，對他招招手：「不爽？想打架我奉陪……咦？」

看著自己變形的手腕，男朋友先生瞬間愣住，直到一片空白的腦海被疼痛侵襲，才痛苦地哀號起來。

僅僅一拳。

牛妖對男朋友先生挑釁的手揍了一拳，讓他的手腕反折九十度，皮膚撕裂，腕動脈噴出大量鮮血，濺到牛妖臉上。平實溫和的牛妖非但不害怕，反而得意地哞哞叫了幾聲，黑色雙眼閃爍妖異的紅光，鼻孔中噴出白色的吐息。

女孩放聲尖叫，但這一帶不是商業區，十點後就罕有人跡。或許女孩的尖叫能吵醒幾個人，然而卻沒多少人願意多管閒事。即使真的看見了，也看不清楚到底是怎麼回事，跟人類平常「看不見」妖怪的道理一樣，在他們眼中，牛妖大概就是糊成一團的樣子。簡而言之，若牛妖真的殺了人，除了「裡世界」的居民，

「表世界」根本不會有人知道凶手究竟是誰。

「哞——」隨著嚎叫，牛妖的臉漸漸變長，上半身的肌肉撐破衣服，淚水奪眶而出。他對女孩叫著：「對妳來說，我到底……我到底算什麼！」

「你、你根本不是我喜歡的類型……是你一直纏著我的！」看到男朋友先生挨了一拳就倒下，女孩害怕地發起抖來。她完全沒搞清楚是怎麼一回事，但現在絕對不能承認自己有錯，否則肯定會丟掉小命。她企圖把問題推給牛妖，看能不能用罪惡感促使他收手。

「所、所以根本不關我的事，都是你的錯！」

「都是我的錯嗎？我會變成工具人都是我的錯嗎？」牛妖的淚落出眼眶，他仰天大笑，只覺胸口劇痛。他不知該如何面對，卻又無法逃避，所以決定毀掉讓他痛苦的泉源。大量妖氣從牛妖身上爆發出來，他一腳踢開倒在地上的男朋友先生，「那我就殺了他吧！他會死都是妳的錯！因為妳騙了我！」

「不要……不行！」女孩跑到男朋友先生面前，雙腿不停地發抖，過度的恐懼讓尿液不受控制地流出，但她還是護住了男朋友先生。「你不可以殺他，我已經有他的小孩了！」

這句話，讓牛妖失去最後的人性。連小孩都有了，代表他們已經在一起一個月以上，他卻被蒙在鼓裡、毫不知情，徹底地被當成笨蛋耍、被利用。

被人利用是我的錯嗎？不被她愛是我的錯嗎？

既然都錯了，怎樣都無所謂了，反正不差這一件錯事。

殺了他們——

「哞——」牛妖朝女人揮下強而有力的拳頭，但他的拳頭卻被一道從天而降的黑影接下。

來者是個穿著黑色緊身衣褲和黑色風衣的男人，他的頭髮、雙瞳和腳上的靴子也全是黑色，看起來就像一道影子。但影子不會有帥氣到讓人想尖叫的臉蛋，也不會有如此冷酷的神情。

面對突然出現的男人，牛妖和女孩都嚇了一跳。在兩人反應過來前，黑衣男二話不說一拳揮到牛妖的臉上，壯碩的牛妖被這一拳打飛了三、四公尺遠，在地上滾了好幾圈。

「你、你是誰？」女孩緊張地問，雖然對方救了她一命，但不代表這個黑衣男就是英雄，說不定他另有企圖。

黑衣男沒有回答她的問題，緩緩從口袋中掏出菸，點燃、抽一口後，轉身朝女孩和男朋友先生各扔了一張符咒。符紙一碰到他們，兩人立刻失去意識。黑衣男又掏出另一張符咒，貼在男朋友先生的傷口上，讓出血量瞬間變小，足夠撐到賞金獵人協會的使者來這裡替他治療。

「呼、呼、呼、呼……」牛妖喘著氣，看著眼前的黑衣男，那強勁的一拳喚醒了他的思考能力。憑著生物危機警戒的本能，他知道自己絕不是黑衣男的對手，也感受到對方身上散發出來的殺意，立刻轉身逃進小巷，打算利用地形擺脫黑衣男——

殊不知，這完全正中黑衣男的下懷。

在大馬路上戰鬥，一來無法保證不會有人經過；二來場地太大，黑衣男沒有把握能架起夠大的結界隔絕牛妖發出的哀號聲。在巷子裡，不只能利用地形、花最少的法力架起結界，還能大展手腳，此刻牛妖自己逃進去完全正中他的下懷。

黑衣男一個箭步追了上去，有了法術的加持，速度快得不合常理。他一邊追一邊掏出符咒扔出去，黑色火焰在半空中將符咒燒成灰燼。一道無形的牆出現在牛妖面前，沒注意到的牛妖完全沒減速地撞了上去，鼻血流了滿臉。

「你、你到底是誰？」牛妖害怕地問，他緊貼那道無形的牆，祈禱牆面會突然消失，於是開始拖延時間。

「為、為什麼我會變成這個樣子？」

黑衣男一臉莫名其妙，重新打量牛妖一番，察覺到那股不純且不穩定的妖氣，吐了口煙後自顧地說：「……半妖。」

「我到底發生了什麼事情？還有你到底是誰？」牛妖緊張地嘶吼，所幸結界已經張開，不用怕吵到人。伴隨著恐懼的心情，牛妖感受到身體正在發熱，體內人類及妖怪的血開始互相衝突。

男人扔掉手中的菸頭，吐出最後一口煙，雙手同時燃起黑色火焰，像感覺不到燙一樣，繼續用撲克臉對牛妖說：「依據規定，我要報上稱號……我是賞金妖怪獵人『黑影』孔天強。」

黑衣男——孔天強的話音一落，立刻踩著「踏雲流步」，以迅雷不及掩耳的速度衝到牛妖面前，毫不猶豫地往牛妖的胸口揮拳，在勁力、衝擊力及法力的加持下，牛妖的左胸發出可怕的聲響，肋骨明顯承受不了這一擊而斷裂。這一拳力道強勁，所幸牛妖天生皮厚又耐打，否則吃下這種連水泥牆都能打穿的攻擊，一般的妖怪早就被打穿胸口了。

「我、我又沒做錯什麼……」鮮血從牛妖的口中噴出，他靠著牆慢慢下滑，整個人蜷縮在地上恐懼地發抖。肋骨斷掉的疼痛感，讓他的呼吸變得更加沉重。

「我不想死……我又沒做錯什麼，為什麼我要被殺……」

「在動手傷人的瞬間，你已經是邪妖。」面對苦苦哀求的牛妖，孔天強依舊擺出撲克臉，完全不覺得牛妖值得同情。他早就下定決心，要討伐所有被他碰上的邪妖，他不可能因牛妖的哀求就放過他。

看著孔天強帶著殺氣、睥睨著自己的冷臉，牛妖知道從一開始就沒有任何希望。

「真的……都是我的錯嗎？」牛妖絕望地看著孔天強，失去希望的眼瞳無比黑暗。

「討伐。」孔天強毫不猶豫地對著牛妖的胸口揮下拳頭，厚實的胸膛瞬間凹陷，大量鮮血從牛妖口中噴出。孔天強緩緩站起身，彈了下手指解除結界，如同往常地燃起收工菸。

「完成。」

孔天強一邊抽著菸，一邊思考著現在究竟是什麼情況。

最近出現很多半妖突然妖化、攻擊人類的事件，從開始至今，這是孔天強知道的第五十三起，也是這禮拜的第十五件，這頻率對人口密集的臺北市來說非常危險。這十五起事件中孔天強處理了七件，事態很明顯正逐漸失控，連笨蛋都嗅得出陰謀的味道。但是除了「逐漸失控」外，孔天強對其他情報一無所知。

是什麼妖怪搞的鬼？目的又是什麼？

小巷深處突然傳來騷動，孔天強立刻用法術強化五感，發現不遠處有妖怪集團正在騷亂，似乎正在追逐什麼東西，他瞬間臉色一沉。

在半妖暴走的現場有妖怪集團作祟，不管怎麼想都事有蹊蹺。

那些躲在暗處的影子在看見牛妖被消滅後，原本想安靜地撤退，沒想到上頭突然傳來新的命令，要他們去追捕某個東西，所以才會突然慌亂起來。他們沒料到這動靜會被孔天強發現，絲毫沒注意死神已經往他們的方向靠近。

孔天強循著微弱的妖氣往巷子深處走去，發現並不是妖氣微弱，而是被刻意隱藏起來了。地面上全是能隱藏妖氣的科技產品，從用掉的空罐數量來看，對手最少有三十人。

「可惡！」孔天強緊張起來，開始拔腿狂奔，理由十分簡單——

如果這些妖怪追的是人？

妖氣越來越濃，孔天強知道自己離目標越來越近，卻看見地上有灘液體。他停下腳步，雖然光是聞氣味就可以分辨出那是什麼，但孔天強似乎不願意面對現實，堅持要停下來察看。

果不其然，是血跡。

孔天強雙眼瞪大，血絲慢慢浮現。他瞪著那灘血跡，心中的不安不斷地翻騰、膨脹，瞬間轉變成憎恨與憤怒，充斥他的胸口。

從血液滴濺的形狀判斷出傷患逃跑的方向後，孔天強掏出符咒，燃起黑色火焰。灰煙纏上雙腳，接著他便以超越人類極限的速度跨步奔跑。

這是強化肉體的符咒，是孔天強所屬的流派擅長的領域。

孔家拳術流。

孔天強沿著血跡的方向拐進防火巷，看到眼前的景象，他立刻明白傷人的凶手是誰。

眼前的「妖怪空間」是由妖力構成、專屬於妖怪的場所，俗話說的「鬼打牆」絕大部分都是妖怪空間造成的。原則上，從妖怪空間的類型可以判斷是什麼樣的妖怪所構築的場所。

眼前的妖怪空間是由潮濕的土壤構成，這特殊的形狀和詭異的氣味，孔天強馬上就認出敵人究竟是誰。

無庸置疑，這是蟻穴，凶手是螞蟻精。

孔天強抬頭觀察自己的所在位置，發現眼前高聳的現代大樓正是被「機構」列為監視對象、完全由妖怪組成的公司——馬氏企業。

所謂的「機構」，指的是特殊自然災害應變局。目前除了相關人士之外並沒有對一般人公開，大部分的妖怪懸賞也都是來自這裡。其功能有點類似賞金獵人協會但又有點不同，因為機構屬於政府單位，是妖怪獵人和政府之間溝通的主要管道。

而妖怪公司，指的是從董事長到掃地的清潔工都是由妖怪組成的公司，馬氏企業就是其中之一。

馬氏企業，國內有名的食品進口商，年營業額超過三億，員工清一色都是螞蟻精。螞蟻精天生的團結及服從特性讓他們得以立足於臺北市，且因數量眾多和靠山實力堅強的緣故，政府單位和其他妖怪勢力都不敢隨意對其下手。

巧合的是，馬氏企業被孔天強列在半妖暴走事件的懷疑名單內。他嚴重懷疑這間妖怪公司是這一連串事件的幕後黑手，但沒有確切的證據，他一直沒有正當的理由對馬氏企業進行調查。

孔天強之所以懷疑馬氏企業，是因為如此頻繁的半妖暴走事件肯定不是一人之力能做到，而且還有兩起事件同時發生在不同地方的情況，這代表幕後黑手是一定規模的組織。

此外，他們每次都能快速地離開現場，不留任何證據。從這點來看，幕後黑手能快速移動，且對環境有一定程度的掌控能力，螞蟻精的「蟻穴」和天性都符合這兩點。

雖然孔天強將這些推理回報給賞金獵人協會，請他們把消息傳達給機構，但至今孔天強仍沒有得到任何回應。

這次的偶發事件，讓孔天強知道自己的直覺是對的。

如果是平常的孔天強，肯定會思考更多、懷疑更多，但看見血跡幾乎讓他失去了理智。和牛妖傷人的情況不同，當時他剛好趕到，親眼目睹案發過程。但此刻別說傷患，就連狩獵者都沒見到，只有血跡以及妖怪空間，這豈能讓他冷靜地思考？

所以他想都不想地衝進去。

孔天強的心跳越來越快，他看著地面上的血跡越來越多，感覺到體內有什麼東西正在翻騰，甚至又聽見了那個聲音。

殺掉。

憤怒吧。

殺掉。

就在孔天強忍著頭痛並努力抵抗那充滿吸引力的聲音時，他看見了人影。

「有入侵者。」

與此同時，人影也發現孔天強的存在，這裡是她們的地盤，任何風吹草動都瞞不過她們。

人影整齊劃一地向後轉，模樣暴露在孔天強面前。看得出來她們全是女人，額頭上長著一對觸角，嘴巴是一張昆蟲的大顎，眼睛沒有眼白，身材相近，穿著同樣的衣服。孔天強認出對方是戰鬥力最低階的工蟻。

「妳們，把人交出來！」孔天強對螞蟻精低吼，手上燃起黑色靈火，隨時準備開打。

「這個沒禮貌的人是誰？」

「居然敢闖進這裡？是不小心的嗎？」

「居然要我們交出獵物？是認真的嗎？」

螞蟻精約有三十人，她們用相似的聲音、相同的語調自顧自地討論起來，完全不把孔天強放在眼裡。蟻穴瞬間變得鬧哄哄，她們的聲音不斷刺激孔天強緊繃到極致的神經，讓他隨時都可能因憤怒而失控。

他正克制著自己。

「他會用法力？」

「沒錯，是法力。」

「所以他是『這邊世界的人』。」

「他全身都是敵意和殺氣。」

「所以他絕對不是『我們的人』。」

「沒有妖氣，所以是人。」

「大概是妖怪獵人。」

「等等，黑色的火焰？」

「黑色火焰的獵人？」

「『黑色火焰的影魅』。」

隨著這個結論出現，工蟻們瞬間沉默。恐懼不斷蔓延，因為種族的天性，她們可以感知彼此的情緒，也因為天性，即使非常害怕，在得到新的命令前，她們都無法逃離，只能看著孔天強發抖。

雖然害怕，也知道對上「黑色火焰的影魅」沒有任何勝算，但一旦收到命令，她們也會硬著頭皮上。工蟻們很清楚自己的使命，就是做好「沒有其他價值的棄子」。

孔天強點了根菸試圖讓自己冷靜一點，雖然他想立刻衝上去把所有螞蟻精做掉，但他清楚自己現在若是出手，肯定會被那個聲音吞噬。

他不想變成那模樣。

他不想變成自己最痛恨的妖怪。

但光是想到有人因妖怪的緣故而流血，孔天強心中那股怒氣就不斷地翻騰，那道聲音更肆無忌憚地在他耳邊低語，像詛咒一般。他的心跳越來越快，雙手的黑色火焰像在呼應他的憤怒一樣，越來越炙烈。

「收到殲滅命令。」

一隻螞蟻精突然打破沉默。

「開始戰鬥，拖延時間，直到戰鬥單位……」最前方宣告命令的工蟻突然發不出任何聲音，因為她失去了整個胸腔。

孔天強一個衝刺，用肉眼無法辨識的速度衝到螞蟻精面前，帶著火焰的拳頭毫不猶豫地貫穿螞蟻精的胸口。

「啊——」他大吼一聲，迅速抽回沾滿綠色血液的手，使出踏雲流步，出現在另一隻螞蟻精面前。

駭人的殺氣讓螞蟻精因恐懼而動彈不得，只能眼睜睜地看著孔天強的手朝自己的脖子揮下——

雖然同伴的死狀非常悽慘，黑色靈火正啃食著她們的屍體，但螞蟻精們依然蜂擁而上。沒有武器的她們，攻擊手段只有大顎和天生的怪力，但這些對孔天強來說根本不值一提，在他眼中，她們就像脆弱的雞蛋。

孔天強看見螞蟻精眼中的恐懼，但完全沒有收手的打算。他大開殺戒，每一拳都擊中要害，螞蟻精連掙扎都沒有，就這麼一一死去。即使如此，她們還是赴死一般不斷地簇擁上前。

因為她們是「沒有其他價值的棄子」。

即使無法傷到孔天強，只要能拖延時間，就已經發揮了最大的效用。

「砰！」槍聲突然傳來，被工蟻包圍的孔天強什麼都沒看見，但在身旁某隻工蟻的腦袋被貫穿的瞬間，他伸手一擋，緊接而來的撞擊感就像被石頭丟到一樣，他立刻把東西抓住，攤手一看，是一顆由妖力構成的子彈。

「棄子們，做得真好。妳們總算用妳們的生命展現一點微不足道的價值了。」

隨著槍聲，一道男人的聲音傳來，孔天強看見入口的方向站著一個咧著嘴笑、穿著筆挺西裝的男人。

「這樣子，我就有機會成為『王』了！」

雄蟻，螞蟻精中少數的男性，從出生就為了成為唯一的蟻王和其他雄蟻競爭，培養出殘忍且為了爭奪一切而不擇手段的本性。

眼前的雄蟻，就是對這些工蟻的領隊，也是他對她們發出殲滅的命令。就連剛剛開槍時，即使知道會射穿自己手下的腦袋，他還是沒有遲疑地扣下扳機。

「『黑色火焰的影魅』是吧？」雄蟻一臉得意地對著孔天強冷笑，嘲諷地吹了聲口哨。「面對這樣的偷襲也能擋掉，才夠當我的對手，不然贏得太簡單還真是有點無聊。」

他拍了拍手，兩旁的土牆瞬間碎裂，衝出兩道人影，隨著噴飛的土屑攻向孔天強。妖怪獵人使出踏雲流步向後退，並掏出紅色符咒往前扔，符咒在半空中被黑火吞噬，地面立刻冒出紅色火焰，讓黑影停下了動作，也讓孔天強看清楚她們的樣貌。

兵蟻，為了戰鬥而生的存在，天生的戰士，是螞蟻精中少數能對孔天強造成威脅的存在。

兩隻兵蟻至少都有兩公尺高，渾身肌肉像金剛芭比一樣，加上那張螞蟻臉，看起來不僅嚇人且魄力十足。兩蟻手中各握一把巨大的關刀，很難想像她們體型龐大、武器沉重，卻還能在這狹小空間快速移動。若剛剛孔天強一個失神，肯定會成為刀下亡魂。

「除了放火這點小把戲，黑色火焰的影魅好像什麼都不會了嘛，還以為是像傳說一樣可怕的傢伙呢。」雄蟻說著，仰天大笑，眼中根本沒有孔天強的存在。「妖怪界懸賞三十萬美金的傢伙，就由我收下了。今天真是名符其實的名利雙收！」

在雄蟻吱吱喳喳地發表勝利宣言的同時，兵蟻再次朝孔天強殺去。她們無視地上的火焰，剛剛之所以停下來只是出於本能的反射動作，否則這點火焰根本傷不了她們天生厚重的幾丁質外膚。她們衝到孔天強面前，揮下關刀，瞬間土屑四起，卻沒有碰到孔天強一分一毫——

孔天強出於本能地向後迴避，兵蟻的存在雖然讓孔天強感到些許緊張，卻阻止不了他的殺意和憤怒。

「話太多了。」一瞬間，孔天強衝雄蟻面前，一把抓住他的臉按在土牆上。

「唔！唔唔唔唔——」突然被壓在牆上，雄蟻一開始還沒反應過來，在感受到後腦勺傳來的劇烈疼痛時，他才意識到自己被敵人掌握住性命。

「為什麼對無辜的人下手？」孔天強看著雙眼充滿恐懼、不斷掙扎的雄蟻，用冰冷的語氣問道。

「住、住……我要……」除了眼睛以外的部分都被孔天強抓住，手上的黑色靈火正不斷侵蝕著雄蟻的臉，讓他痛苦得無法好好說話。

孔天強的靈火雖然是代表不祥跟妖怪的黑色，但終究是妖怪獵人的火焰，依然保有「淨化妖怪」的功能。只要獵人有意願，火焰就會在瞬間將妖怪啃噬殆盡。

像孔天強剛才殺的工蟻們，連屍體都沒有留下。

雖然孔天強想盡可能地抑制火焰，但那魔性的耳語和心中的憤怒卻讓火焰逐漸失控。原本想從雄蟻口中問出情報，雄蟻卻漸漸成為火焰的燃料，在痛苦中死去。

妄想成為王的他大概沒料到，對傳聞中的殺手而言，他不過是個雜魚。

孔天強撿起雄蟻剛剛使用的手槍，眉頭一皺。

這是來自端木家的靈彈槍，是把能將法力或妖力壓縮後當成子彈射出的道具。

端木家，中部的妖怪獵人，擅長利用科技和契約妖怪討伐妖怪的家族，理論上這種道具不可能會落在妖怪手上。

此刻孔天強沒有時間想這麼多，他想起自己還沒脫離戰鬥，迅速把手槍收好，卻看見兵蟻和工蟻一臉呆然。

突然失去領頭，螞蟻精們瞬間變得不知所措。

孔天強立刻衝上去，打算利用這個空檔殺掉兩隻兵蟻，沒想到他的殺氣觸動兩隻兵蟻的戰鬥本能，立刻反應過來並迅速擺出戰鬥姿態。一隻兵蟻擋下孔天強的拳頭，另一隻持刀將孔天強逼退，負責防禦的兵蟻也轉守為攻，對著孔天強的腦袋揮下關刀，所幸他踩著踏雲流步，否則此刻已經腦袋開花。

這次進攻失敗展示出兩隻兵蟻的合作無間，不過孔天強已經確定自己百分之百的勝算。

雖然用小招慢慢拖下去肯定也能找到她們的破綻，但擔憂傷患情況的孔天強沒有這麼多時間和耐性和她們慢慢耗，且拖得越久，自己妖化的可能性就越高，所以要用最快的速度解決她們。

孔天強和兵蟻們拉開距離，接著掏出一張黑色符咒。符紙在他手上燒了起來，泛著綠光的方陣隨之出現在孔天強腳下。

臺灣的妖怪獵人三大家分別為：北部孔家拳術流、中部端木家科術流，和南部羅家古道流，每一派都各有其特色。孔家拳術流的核心為「以拳腳體術為主、八卦道術為輔」，因此拳術流的方陣和其他兩派截然不同，圓形的外圈由六十四卦組成、中央為太極陰陽圖，依據不同招數將不同的卦象轉向敵人。

此刻，轉向兵蟻的卦象為「離」。

火卦。

孔天強腳下的太極轉向正位，青色的方陣轉為豔紅，火星開始冒出。

兵蟻雖然不明白孔天強的招式，卻本能地感覺到危險。就在她們躊躇不前之際，孔天強立刻往前衝，腳下方陣如影隨形。這是兩隻兵蟻第一次見到會移動的方陣，一時反應不過來。

兵蟻被方陣碰觸到的瞬間，離卦發出強烈的火光，頃刻轉移到兩蟻腳下。她們完全來不及反應，只能看著孔天強燃著火焰的拳頭揮過來，雖然靠著反射動作勉強能格擋攻擊，方陣卻從艮卦噴出火焰，纏住兵蟻的腳。火焰瞬間化成實體，像鎖鍊般讓她們完全無法動彈。

這只是開始，這一招共計六十四拳，兩隻兵蟻各自要承受三十二拳。

自從練成這招後，孔天強還沒碰見能接下這六十四拳的妖怪，他相信眼前兩隻兵蟻也不例外。

「孔家流……」孔天強瞪大布滿血絲的雙眼，惡狠狠地瞪著那些傷人的妖怪們，強烈的殺意讓所有螞蟻精動彈不得。他朝另一隻兵蟻揮出第二拳，低吼：「離卦．六十四拳！」

孔天強的每一拳都精準地打在穴道上，雖然點穴對螞蟻精不管用，但一拳一拳累積下來的傷害讓她們幾丁質構成的外膚漸漸失去作用，綠色的體液開始滲出。她們拚命地掙扎，但孔天強的速度遠比她們快上許多——

她們放棄了。

這是她們生平第一次也是最後一次體會到絕望。

第八拳，兩隻兵蟻吐出翠綠色的液體。

第十六拳，兩隻兵蟻體無完膚。

第二十四拳，兩隻兵蟻不再有任何動作。

第三十二拳，兩隻兵蟻成為屍體。

兩隻兵蟻被火紅的繩子牢牢纏住，接著被離卦噴出的火焰當成燃料，毫無痕跡地消失在原地。

「呼、呼、呼、呼……」孔天強喘著氣，這招負擔非常大，消耗了他八成左右的法力。

無法控制妖化的他只能出此下策，消耗掉足以妖化的法力。

他痛恨這莫名的體質。

「妖怪」獵殺妖怪而不是「妖怪獵人」獵殺妖怪，兩者間的差別對孔天強來說如同天與地。前者是源自本能的殺戮，後者是出自人性的獵殺。

他對將自己變成這樣的妖怪恨之入骨。自從那件事情後已經過了五年，這五年來孔天強不斷追尋著那妖怪的身影，他想只要消除怨恨的源頭，或許就能夠回復正常，這想法無時無刻不在他的腦海中。

——殺了他，幫自己和姐姐報仇，哪怕是要與全天下妖怪為敵！

不知不覺他就成了妖怪間口耳相傳必須特別注意的對象，得到「黑色火焰的影魅」稱號，甚至成為賞金獵人協會獲得最多賞金的獵人。

對孔天強來說，妖怪不該存在這世界上，因為他們奪走他所珍視的事物。

特別是那個將他逼成這模樣的妖怪。

神獸——麒麟。

孔天強喘著氣，緩緩走向殘存的工蟻。兩手的火焰因靈力消耗太多而變得微弱，回復到孔天強可以掌控的範圍。

他的雙眼布滿血絲，臉上充滿殺氣，像一臺沒有情感的殺戮機器，為了殺妖而存在。隨著他的步伐，黑紅的火星在半空中飛揚，看著被火花包圍的孔天強，工蟻們腦袋一片空白，傻站在原地，等著對方來了結自己的性命。

在工蟻的眼中，孔天強就像帶著業火、從地獄回來的惡魔。

這模樣，還能算是「人類」嗎？

此刻的他，簡直比妖怪更像妖怪。

「別、別殺我們……」不知道哪裡傳來細弱的聲音，吐出這句話的工蟻很訝異，這是她第一次憑著自己的意志說出來的話。

卻也是最後一次。

「當初，被妳們追殺的人也是如此哀號。」孔天強一個字一個字緩緩說道，每個音節都讓空氣的溫度驟降。

螞蟻精體會到前所未有的低溫，她們從不知道蟻穴裡居然可以變得如此寒冷。

「妳們，有放過他嗎？」

孔天強的質問工蟻們答不出來，所有的螞蟻精都不敢動，深怕隨便一點聲音都會讓自己成為首要目標。

這樣的沉默終究沒有意義，不管如何做、如何回答，都改變不了孔天強殺光她們的決定。

孔天強站到螞蟻精前，睥睨著她，那隻工蟻緩緩地抬起頭來，此刻她眼底的孔天強就像是神。死神。

「去死。」孔天強命令一般地冷冷說道，他踩起踏雲流步，流暢地在螞蟻精間穿梭、殺戮，就像人類拍死螞蟻一樣簡單，每次下手都沒有任何猶豫。

工蟻們開始恐慌、尖叫、逃跑，雖然她們不理解自己為何會做出「命令」外的事情，只是順從本能地動作，像無助的羊群一樣逃竄——

此刻的她們，只有死亡這個結局。

尖叫聲隨著孔天強俐落的動作慢慢停歇，不到五分鐘，蟻穴回復原本該有的寧靜。

地上的屍體燃著黑色火焰，孔天強的雙手沾滿螞蟻精翠綠的血液。

這慘狀讓孔天強忍不住想到那一晚。

那一晚，他的雙手也沾滿鮮血。

那鮮血不是別人，是來自他的姐姐和準姐夫。

那和他基因相似的鮮血無法被淨妖火焰燃燒。

不管怎麼洗手，孔天強都依稀聞得到血的腥味。

此刻依然如此。

孔天強忍不住緊握雙拳，但螞蟻精已經被徹底消滅，他完全找不到洩憤的對象。

因創造這空間的妖怪已經死亡，失去妖力來源的蟻穴開始扭曲、崩壞，地上的屍體也由黑色火焰燃燒殆盡。

塵埃落定後，孔天強解除戰鬥狀態——

不對！

雖然非常微弱，但他確實感覺到還有妖氣存在。

然而四周別說妖怪，根本沒看見任何生物，妖氣究竟從何處而來？

從妖氣強度判斷，那妖怪弱小到不足以造成任何威脅，甚至比工蟻還脆弱——

孔天強意識到一件事情。

他快步往防火巷深處走去，微弱的妖氣也越來越明顯，在盡頭處，他發現了妖氣的來源。

一個傷痕累累、一絲不掛、看起來約莫五、六歲的小女孩倒在地上，孔天強確定眼前的小鬼就是妖氣的源頭。

長在頭頂的狐狸耳朵和從尾椎長出來的狐狸尾巴足以證明她不是人類。

認出眼前的是狐狸精，孔天強先是一愣，接著忿忿地捶著牆壁。沒想到自己辛苦救下的居然不是人類，而是他立志要消滅的存在。

重新燃起淨妖之火，孔天強瞪著倒在地上的狐狸精，準備取她的性命——

為什麼螞蟻精要追這隻弱小的妖怪？

這想法突然出現在腦海中，孔天強看向狐狸精，停下燃著火焰的拳頭。

螞蟻精有什麼目的？

螞蟻精「偶然」出現在半妖暴走現場，接著「偶然」地追捕狐狸精，而且剛好又「偶然」地是孔天強懷疑的對象。不管怎麼想都不是單純的巧合，孔天強直覺地認為眼前的狐狸精有可能是突破一切的關鍵。

孔天強睨著眼前的狐狸精，糾結、掙扎著，思考到底該怎麼辦才好。

最後，他熄掉火焰。

孔天強粗魯地拎起狐狸精的尾巴，像拖著垃圾一樣。如果可以，他真心希望有夾子或垃圾袋讓他避免接觸對他來說如同病毒一樣的妖怪。

狐狸精沒有掙扎，額頭上的碰撞傷痕讓她失去意識。她就像被獵人捕獲的獵物，被提著尾巴、垂著四肢，加上孔天強冷酷的臉，感覺隨時會被帶去工廠剝皮。

孔天強一出巷子就發現兩個身高超過兩公尺、從頭到腳一片漆黑的「人影」。它們的臉沒有輪廓，全身是半液態的果凍狀，每做一個動作就會灑出一點黑色物質，有點像《神隱少女》裡的無臉男。

它們的名稱也叫「無臉」，是來自賞金獵人協會的式神。

無臉的作用是善後，畢竟作戰總是會有傷亡、建築損壞、被路人看見的情況發生，無臉的功用就是治療傷患、修復建築及消除一般人的記憶，盡可能讓一切恢復原狀。召喚無臉的方法除了賞金獵人協會的會長外，沒人知道，過去曾有人企圖探索，卻都無功而返，久而久之大家也就不那麼在意無臉的來歷。

其中一個無臉伸出果凍狀的觸手握住男朋友先生受傷的手腕，接著觸手開始融解，男朋友先生的手也漸漸復原。接著那些融解後掉落的殘塊開始吸收地面上的血跡，在把血跡「吃」得一乾二淨後，又回到原本主人的身上。

處理完傷患、將現場清理完畢後，兩個無臉分別把觸手放在女孩和男朋友先生的腦袋上，吸收他們今晚的記憶，只要睡一覺，所有事情就會像夢一樣被忘卻。

結束後，兩個當事人緩緩站起來，眼神像喝醉一樣迷濛，他們晃著身子，往女孩的家裡走去。

無臉完成任務後，緩緩地原路返回。它們雖然身軀巨大，卻不引人注目，就跟人類看不見妖怪一樣，除非直接接觸或交流，否則會因為「覺得不存在所以看不見」，即使看見也不願意相信，反而會自動忽略。這也是一般孩童容易看見妖怪的原因，因為他們相信妖怪的存在。

抽完菸、確認無臉好好完成工作後，孔天強跨上黑色重機，一手提著昏死的獵物，往回家的方向騎去。

FOX SPIRIT

>>> Chapter.2_ 現在輪到狐狸精的回合！

半睡半醒間，狐狸精感覺自己正在空中飛。她的尾巴拉著她的身體飛在空中，雖然自豪的尾巴被扯得有點痛，但前所未有的體驗讓她覺得新鮮，甚至還有點喜歡這種輕飄飄的感覺。

不對！咱不是……

狐狸精意識到自己幾分鐘前還疲於奔命，因受傷太重加上妖力嚴重不足，導致腳步不穩撞上牆壁、失去意識。

咱現在在哪裡？

「唔！」

狐狸精睜開火紅色的漂亮眼睛，看見從沒見過的天花板。她嗅到一股刺鼻的藥草味，身體沉重，而且不斷傳來刺痛。低頭一看，發現身上的傷口已經上了藥。

她不解地微微歪頭，究竟是誰這麼好心地替自己療傷？

一想起「剛剛」的事情，狐狸精縮進被窩，不安地抱緊尾巴。

她雖然想立刻躲回山上，但山中早已不是她熟悉的模樣。她不清楚自己究竟被封印了多久，久到山裡的環境都變得陌生、山下的小村也變成巨大的城市。

想在「現代」存活下去，她就必須取回失去的妖力。

她感覺得到自己的妖力被分成三等分，其中一部分就在螞蟻精據守的那棟大樓。

但第一次潛入的結果如此慘烈，讓她失去信心，只能抱住尾巴，露出窩囊的表情。

這兩週探索下來，螞蟻精的巢穴是三個妖力碎片的隱藏點中最好入侵的場所，若連最簡單的都無法成功入侵，更別想取回其他妖力了。

想著想著，狐狸精認為自己大概是全世界最倒楣的狐狸精。

因為身為狐狸精就被山下的村民當成吃小孩、勾引男人的妖怪。

早在村莊建成前，狐狸精就存在了，許久之後，山下才開始有村莊、有居民。最初狐狸精和村民並沒有交集，有一次狐狸精小小教訓了企圖為非作歹的山賊後，她的事蹟迅速傳遍附近村莊。

但明明是教訓欺負人的山賊，卻被說成領著一窩狐狸精吃掉路過的商隊。

因為傳言，村裡的人更加不敢上山，而不知哪裡來的野妖破壞村中的安寧，還巧妙地賴在狐狸精身上，因此村民找來法術高強的道士。大戰五天五夜後，因一個疏忽，狐狸精就這麼被道士鎮壓，直到前陣子有人在山上亂倒垃圾，意外破除封印為止。

如果有人可以告訴狐狸精她被封印了多久，她肯定會對自己失去的歲月感到惋惜。

兩百一十三年。

狐狸精因為莫須有的罪名失去這麼久的自由，但她發現自己一點都不恨那些村民，更不用說找他們的後代報仇。

已經四百歲的她心中沒有任何一絲仇恨，或許認命、或許懶惰、或許看開，現在的她一心只想找回她失去的東西，然後再找個安穩的地方，期待著哪天或許能碰見她喜歡的對象，和對方生一窩小狐狸。

因為她沒有找人報仇，所以才沒變成機構通緝的邪妖，她的肚量無意間救了她一條命。

雖然狐狸精不知道那些人究竟想拿自己的妖力做什麼，但她隱隱約約有種不好的預感，總覺得又會像之前一樣被誣賴。

在被窩裡窩了一陣子，狐狸精決定去找那個幫她包紮的人，看能不能得到什麼額外的幫助。

狐狸精悄悄探出小小的腦袋，雖然早已修練到能化成人形的地步，但狐狸的習性始終改不掉，特別是尾巴的部分。狐狸精警戒地看著四周，試著從氣味判別周遭的情況，但濃濃的藥味導致她聞不到其他味道。在大概確定沒有其他人後，狐狸精靈巧地鑽出被窩——

「嗨，妳終於肯出來了啊？」

狐狸精身後突然傳來聲音。

「哇啊啊——」

狐狸精一聲尖叫，反射性向前衝，狠狠地撞上前方的牆。她整個人向後彈，腦袋腫起一個巨大的包，差點又暈過去。

狐狸精硬撐著不倒下去，但暈眩感讓她站不穩腳步，像個醉漢般晃著腦袋和尾巴、踩著不穩的步伐，最後還是倒回了床上。隨後，她看見嚇掉她好幾年壽命的凶手。

是一個非常漂亮的女人。

那女人漂亮得讓狐狸精覺得自己都快被魅惑了，和女人相比，就連真正的狐狸精化成人的模樣都會輸一點。雖然女人如此美麗，卻坐在輪椅上。

「妳沒事吧？」女人看狐狸精這一下撞得不輕，噗哧一笑，靈活地操作電動輪椅到狐狸精身邊，一把將她抱起。

狐狸精掙扎起來，她不知道這女人究竟是敵是友，想起之前被人類修理的經驗，出於本能地想逃開。但幼女形態的力量和妖力都太弱，再加上身上的傷和暈眩感，讓她無法掙脫。

女人拿出一張綠色符咒，狐狸精的耳朵和尾巴立刻豎直，露出牙齒，從喉頭發出威嚇的低吼，一副要咬人的模樣。女人完全無視狐狸精的威嚇，俐落地把符咒貼在狐狸精的腫包上。

狐狸精發現女人沒有害她的意思，符咒一貼上去，一股暖流立刻流進她的額頭，霎時頭暈的感覺舒緩很多。

狐狸精搞不懂女人的目的，困惑地呆住。

「放心吧，不會害妳的。」女人把呆住的狐狸精放回床上，她像個玩偶般地呆坐著，女人則望著狐狸精淺笑。

「汝……到底有什麼企圖？」雖然女人已經釋出明顯的善意，但是狐狸精的眼神依然充滿警戒。

不憎恨人類，卻不代表信任人類。

「我是孔天妙。」漂亮的女人——孔天妙簡單地自我介紹。「至於我有什麼目的，老實說我還沒想到喔，想到之後再跟妳講好了。」

「汝當咱像小娃兒一樣好哄嗎？汝未免將咱想得太天真了。」狐狸精的語氣不滿，對孔天妙的警戒也升到最高點。「咱雖是還弄不清楚狀況，但也不代表咱會輕易上當。若要咱相信汝，最好從實招來。」

「是、是，聰明的狐狸精大人。」孔天妙面對狐狸精嚴厲的指責，一點憤怒都沒有，依舊維持美麗的笑容，讓人有種不管怎樣她都不會生氣的感覺。

「要懷疑我也沒關係，我也不是不能理解妳的心情，畢竟一方是妖怪一方是人類，而且我還是個妖怪獵人。但真心要害妳的話，我又何必替妳包紮呢？雖然是真的想對妳做什麼啦……」

「……蛤？」

「我、我可以抱抱妳嗎？」孔天妙的雙眼閃起詭異的光芒，狐狸精瞬間汗毛直豎、不知所措。

「可以嗎？可以嗎？妳要我從實招來的，我已經老實說了喔！」

「汝、汝在開什麼玩笑！當然不行！」面對狂熱的笑容，狐狸精眼神中的警戒變成緊張，用屁股和小手迅速向後撤退。她發現自己的背脊全是冷汗，本能告訴她眼前的女人非常危險。「汝、汝到底在說什麼……」

「咕嚕——」

狐狸精的肚子突然發出巨大的聲響。

氣氛頓時一片尷尬，狐狸精沒預料到自己的肚子會在此刻發出抗議，孔天妙則是被可愛的叫聲迷住了。

「中午了呢。」孔天妙笑著打破沉默，溫柔地替狐狸精搭了臺階讓她下臺。

狐狸精感動得快哭了，但一想到孔天妙剛剛瘋狂的眼神，她依然與孔天妙保持距離。

「所、所以呢？」

「要吃飯嗎？」

「不、不用！咱不餓！」

咕嚕嚕嚕——

「嘴巴說不要但身體卻很老實嘛。」孔天妙嘿嘿笑著，狐狸精覺得對話正往奇怪的方向發展。「要吃午餐嗎？只是有一項條件就是了。」

「什、什麼條件……說出來咱考慮看看……」狐狸精知道此刻嘴硬只會丟臉還討不到任何便宜，既然如此，只能考慮孔天妙的條件再做打算。

「嘿嘿。」孔天妙一臉期待，接著做出一個擁抱的動作，她的神情讓狐狸精嚇掉一屁股的狐狸毛。「讓我抱抱妳，抱一下下就好了！」

咕嚕——

狐狸精猶豫的同時，她可愛的小肚肚再次發出響亮的聲音。

「咱、咱知道了……但是，只能抱一下下……」狐狸精嚥口口水，緩緩朝孔天妙走去，小心翼翼的模樣像隨時準備要逃出獵人魔掌的狐狸。

「而且，汝一定要遵守諾言……咕哇哇——」

狐狸精的話還沒說完，就被孔天妙一把抱起，突然的襲擊讓她來不及反應，瞬間感受到孔天妙的體溫和沉重的鼻息。

「好、好棒，為什麼妳這麼可愛！啊，雖然有點臭……」孔天妙磨蹭狐狸精肉嘟嘟的臉頰，兩隻手不安分地摸著狐狸精自豪的尾巴和耳朵。過分親暱的動作加上敏感的身體，讓狐狸精忍不住發出奇怪的聲音，但又怕得不敢掙扎。

孔天妙這一抱長達十分鐘之久，等她心滿意足後，狐狸精已經全身無力地癱在她懷裡。

「獸耳娘耶！貨真價實的獸耳娘耶！」孔天妙一臉幸福地說。「而且這尾巴的觸感真的超好！」

「哼哼，汝真是識貨！」一聽到自豪的尾巴被讚美，狐狸精立刻有了精神，她驕傲地晃起尾巴，一臉得意地說：「咱的尾巴，是山裡最漂亮的，比所有狐狸都還要美麗！」

「我能理解！我能理解！這觸感、這光澤、這滑順度，真是太棒了！」

「不過啊，那都是過去的事了。」狐狸精抽回尾巴，靈巧地從孔天妙身上跳下來。「現在沒人能跟咱比尾巴了，即使得到最棒的頭銜，也讓人開心不起來。」

狐狸精的表情沒什麼變化，語氣卻充滿惆悵。

雖然有些話她沒說明白，但孔天妙隱約能猜到，狐狸精的家人朋友，多半都已經不在了吧。

「咱已經履行承諾，換汝了。」狐狸精轉頭看向孔天妙，兩隻小手按在肚子上。「咱真的……快餓扁了。」

「咕嚕——」

「嗯，吃飯吧。」孔天妙操控電動輪椅來到房門前。

門一打開，飯菜的香味立刻飄了進來，狐狸精嗅到撲面而來的香氣，肚子又忍不住叫了起來。想到美味的飯菜，狐狸精的口水流出嘴角，原本緊張的情緒被食欲取代。

看著狐狸精呆滯的神情，孔天妙露出笑容，操作著輪椅往餐廳的方向前進，狐狸精一臉期待地跟在後面——

一股強大的殺氣突然襲來，讓狐狸精立刻回到緊戒狀態，尾巴和耳朵都豎了起來。

殺氣來自一個男人。

那男人在餐桌旁殺氣騰騰地瞪著她，一副隨時會衝上來把她撕碎的樣子。

這個男人正是孔天妙的弟弟——孔天強。

狐狸精警戒地盯著他，孔天強也殺意十足地盯著她，兩人眼神僵持。

「你們……！」孔天妙出聲打破這緊張的狀態。「現在是吃飯時間，而且這裡是餐桌，我絕對不允許有人在這裡打架！」

「嘖……」孔天強稍微收斂駭人的殺氣。

只是稍微而已。

「天強，把腿上的符咒全部收起來。」孔天妙雙手抱胸，像在訓斥小孩一樣說道。她對孔天強隨時準備殲滅妖怪這一點感到無比不滿，但身為妖怪獵人又不能制止他除妖，所以打算趁這個機會好好「教育」他。

「不管對方是誰，只要上了餐桌就是我的客人，不准對客人下手。」

孔天強不滿地看著孔天妙，眼神和鬧彆扭的小孩差不了多少。

「怎樣，想反抗嗎？」孔天妙露出讓人發寒的笑容，「可以啊，跟之前一樣，用拳頭來搞定。別說我欺負你，我坐著讓你，但別忘記上次你也輸得很慘喔？」

孔天強想起上次慘痛的經驗，雖然使盡全力，卻完全不是孔天妙的對手。想起那痛楚，他不情願地把符咒收回袖套裡。

「不准收進袖套裡，全部交給我。」孔天妙伸出手，用命令的語氣說：「你這樣子和隨時處在戰鬥模式沒有太大的差別。」

孔天強只能乖乖將袖套裡約四十張的攻擊型符咒交給孔天妙，但在對方抽走符咒時又忍不住抓緊。

「孔天強？」

「姐，如果臭妖怪對妳亂來，我沒辦法保護妳。」孔天強一臉認真地說，孔天妙噗哧一笑。

「你什麼時候覺得自己已經能保護我了？」一句話就讓孔天強啞口無言。

孔天強的視線忍不住往她的雙腿上瞟。

「……我不是那個意思。」注意到孔天強的視線，孔天妙知道他想起五年前的事情，試著解釋：「我的意思是你姐姐還沒有弱到需要你的保護，所以絕對不是你想的那樣！」

孔天強沉默地看著孔天妙慌張的臉，緩緩地說：「我一定，會變更強。」

他大口扒飯，試圖吞下自己的不甘、自責和憤怒。

為了復仇，孔天強花了很多資源在尋找麒麟這件事情上，之所以成為賞金獵人也有一部分是源自於此。但是幾年下來，不管怎麼尋找都沒有再見過麒麟，連相關情報都一無所獲。

但這次不一樣。

半妖暴走事件給孔天強一個契機，是五年多來最有價值的線索。因為馬氏企業是麒麟會底下的一間公司，如果他們真的是幕後黑手，就有可能循線逮到麒麟的尾巴。

看著姐弟倆互動的狐狸精，發現在這個家裡孔天妙擁有絕對的主導權。這代表只要能抓住孔天妙的心，就能掌控這個家，如果能夠控制這個家，就可以利用眼前兩個妖怪獵人的力量——

想到這裡，狐狸精可愛的臉上出現一抹狡黠的笑容。

「吶吶，妙妙，咱要坐哪裡？」狐狸精用可愛的娃娃音對孔天妙提問，還抱起自己自豪的尾巴，用閃亮亮的眼神對孔天妙賣萌。

「妙、妙妙？」孔天妙愣愣地看著狐狸精。

一旁的孔天強咳了兩聲，差點被噎死。

「難道汝不喜歡這個稱呼嗎？」狐狸精臉上出現失望的神色，看來她非常期待孔天妙能喜歡這個新綽號。「咱想說汝叫孔天妙，咱就這樣叫汝了，讓汝不開心了嗎？」

狐狸精說著，臉上的不安和失望越來越明顯，耳朵和尾巴垂了下來。這不安的可愛模樣讓孔天妙感到心頭像被什麼揪住一般——

「不會，我超喜歡的！」孔天妙說。

「真的嗎？」狐狸精不安地看著孔天妙，帶著懷疑的神情微微歪頭。

「真的！」孔天妙大力地點頭。「妳可以叫我妙妙喔！」

「真的……真的嗎？」狐狸精火紅的雙眼閃起光芒，可愛的樣子讓孔天妙徹底臣服在狐狸精的魅力之下。

「……這傢伙！」發現情況不對的孔天強立刻放下碗筷、站起身來。他懷疑狐狸精不知不覺對孔天妙施展魅術，好不容易壓抑住的殺氣瞬間爆發，雙手燃起黑色的火焰，「果然不該把妳帶回來！」

「嗚嗚……好可怕！」狐狸精被孔天強的吼聲和殺氣嚇了一跳，嬌小的身軀一顫，朝孔天妙跑去，尋求她的庇護。大概是太緊張了，她不小心摔了一跤，哭著鼻子爬起來，躲到孔天妙身後，渾身散發小動物的氣息。

「妙、妙妙，保護我！」

「孔——天——強——？」孔天妙微笑著，全身散發出壓人的魄力，讓孔天強的背脊瞬間冒出冷汗，本能告訴他，若不解釋清楚，肯定會有生命危險。「你不覺得你有點過分嗎？為什麼要這樣反應過度？」

「姐，妳快醒醒，妳被她魅……」孔天強開口解釋，這大概是他這幾年來最緊張的一次，就在他說到一半——

狐狸精賊兮兮地笑著從孔天妙的輪椅後方探出頭來，臉上完全沒有剛剛的楚楚可憐和恐懼不安，對孔天強做了一個大鬼臉。

孔天強意識到這全是狐狸精演出來的戲，按捺不住情緒的自己上了狐狸精的當。無論是閃閃發光的眼神，還是惶恐不安地摔跤，全部都是演出來的，目的是為了迷惑孔天妙。

那個鬼臉，讓孔天強的理智徹底斷線。

「去死吧，妖怪！」孔天強低吼，踩著踏雲流步瞬間就到狐狸精的身後，如此快的速度讓狐狸精嚇了一跳，瞪大眼看著即將揮下來的拳頭——

她知道這次玩笑開大了，也許會因此賠上性命。

「住手。」千鈞一髮之際，孔天妙雙手燃起青藍色的靈火，順勢一抓，朝孔天強出力的方向一扯，坐在輪椅上給孔天強一記重重的過肩摔。「我不是說不准對她出手了嗎？」

孔天強抱著後腦勺在地上打滾，痛到沒辦法說話，雖然在靈力和氣的防護之下沒有受傷，但還是很痛。

「還有妳。」孔天妙轉頭看向目瞪口呆的狐狸精，依然笑著，但笑容卻讓狐狸精毛骨悚然。「別以為妳剛剛的小動作我沒看見喔！不要以為把妳當小可愛，妳就能拿翹了，別讓我把妳當成寵物調教。」

據說練武練到一定程度，雙眼的視野就能夠看見將近三百六十度。雖然孔天妙還沒有到達那樣的境界，但看見狐狸精的小動作完全不成問題。

「是、是！」狐狸精嚇得尾巴豎直、全身僵硬，她意識到自己的詭計已被看穿，還有孔天妙實力超群的事實。

「很好。現在，妳去拉孔天強起來，我就當你們和好了。」

「不用！」孔天強立刻低吼，手腳並用地想要爬起來。

他絕對不讓骯髒的妖怪幫他。

「孔天強，給我繼續躺著。」孔天妙命令道。

孔天強吭都不敢吭一句，重新在地板上躺平。

這反倒讓狐狸精有點同情他了。

知道誰是老大後，狐狸精不敢再動什麼歪腦筋，乖乖走到孔天強身邊，伸出小手想要拉他一把，卻換來孔天強凶狠的眼神。

「孔——天——強——」

「……我做不到。」孔天強閉上眼，用手臂蓋在眼皮上，大力地喘息，試著裝作看不見正在發生的一切。

雖然因為孔天妙的施壓，讓孔天強覺得自己必須和眼前的狐狸精和平相處。但一想到眼前的是妖怪，是奪走他一切的存在，他覺得自己做不到。他沒有失控、不顧一切地殺了狐狸精已經是極限了。

孔天妙也很清楚這一點，所以才利用機會想讓孔天強有所改變，施壓也好、威脅也好，她認為只要多和妖怪接觸，肯定能讓他改變，不再成為為了憎恨而活的人。

那樣太可憐了。

看著孔天強的模樣，孔天妙知道這次算是失敗了。但想著孔天強和狐狸精的互動，她覺得狐狸精可能成為改變孔天強的一個契機。吵架也是交流的一種，光是沒有把對方消滅就已經是奇蹟了。孔天妙相信這個奇蹟肯定能引發更多奇蹟，不只為了不讓孔天強變成「可憐的人」，也是為了讓他能夠控制妖化、不再被負面的情緒侵蝕。

孔天強心中有太多的黑暗，這是他無法控制妖化的主因，孔天妙知道五年前的事件，在孔天強身上施加了太多負擔。

五年前的事，並不是他的錯。

只是不管怎麼對孔天強說，他始終認為是自己害了孔天妙，這成了他失控的契機，因此被孔家逐出家門。

「咱……現在該怎麼辦？」看著孔天強的模樣，狐狸精不知所措地看向孔天妙，擔心孔天妙會因此而生氣。「是、是他不握住咱的手，不是咱不扶他一把……

但是，妙妙，汝真的覺得這樣好嗎？」

孔天妙露出和方才截然不同的笑容，多了幾分淒美感。

「好啦好啦，算了。」孔天妙用左腳踢了踢孔天強。「吃飯啦，這次就算了，但沒有下一次了。」

孔天強冒著血絲的雙眼看向孔天妙，他不懂孔天妙今天為何輕易地放過他。

「妳就坐這裡吧。」孔天妙抱起狐狸精，讓她坐在自己身旁的位置上。「想吃什麼自己夾。」

孔天妙的動作和話語讓她重新感覺到飢餓，突然覺得什麼也沒有填飽肚子重要。

肚子再次發出聲響，但狐狸精一點也不在意地用視線掃蕩桌上的飯菜，特別是那鍋滷肉，她興奮地甩著尾巴，想著今天是不是什麼大日子。

這在現代十分尋常的菜色，過去只有特別的日子才可以吃到，現代人的糧食已經豐沛到狐狸精難以想像的程度。

「這些菜，咱真的可以全部吃掉嗎？」狐狸精流著口水，期待地望向添飯的孔天妙。

「當然，只要妳吃得下。」孔天妙把熱騰騰的白飯放到狐狸精面前，接著看向一臉茫然的孔天強。

「天強，你可以起來了。雖然不是不明白你會有這種反應的理由，但是……我希望你可以理解我這麼做的目的。」

孔天強坐起身，看向狼吞虎嚥的狐狸精又看向一臉擔心的孔天妙，他沒有多說什麼，只覺得剛剛和狐狸精爭執、被她挑釁的自己真是愚蠢。他重新的坐回餐桌前，再次拿起碗筷。

說得簡單做得難，如果真有這麼簡單，孔天強也不會至今都解不開心結。

光看到孔天妙現在這模樣，他就無法釋懷。

那一年，孔天妙失去的不是只有未婚夫、腹中的孩子和生育能力，還因為神經受損導致行走困難，才會大部分的時間都坐著輪椅，無法再出任務。

如果是因為其他原因，孔天強還不會如此憎恨自己。

孔天妙是為了保護孔天強才會失去這麼多珍貴的事物。

絕口不提這些事情已是姐弟倆多年來的默契，也是兩人心中共同的傷。

——但，是時候改變了。

孔天妙心中暗自決定。

一頓飯飽後，狐狸精懶洋洋地挺著肚子癱在椅子上，覺得自己一口氣吃下了一年份的食物。和先前的「糧食」相比，這一頓簡直是人間美味，如果能再吃到這麼棒的飯菜，要她做什麼都願意。

孔天強和孔天妙傻看著眼前什麼都不剩的鍋子和盤子，他們從沒見過吃得如此乾淨的餐桌，特別是那鍋能吃三餐的滷肉，瞬間就被狐狸精解決乾淨，搶菜的程度根本就像餓死鬼。

也不知是有意無意，她總是快一步夾走孔天強要吃的菜，如果不是因為孔天妙制止，狐狸精肯定連筷子都不用，跳上餐桌大吃特吃。

「嗝！」狐狸精打了個大飽嗝，滿足地甩了甩尾巴。

「好了，吃飽了吧？該開始認真做點事情囉？」孔天妙笑著說。

狐狸精迅速坐起身子，但因為吃得太飽，她發現自己的行動變得有點遲鈍，忍不住懷疑這其實是孔天妙的陷阱。

孔天強現在才看懂孔天妙葫蘆裡賣的到底是什麼藥。

「天強，你不是有很多問題想問嗎？」孔天妙看向孔天強，堅定的眼神像是在說——

就算不用武力，也一樣有辦法問出想要的東西。

「……妳，為什麼會出現在那裡？」孔天強深呼吸，丟出第一個問題。

FOX SPIRIT

>>> Chapter.3_ 妖怪獵人和狐狸精的談判

「咱是被追殺到那裡的。」狐狸精說的是事實，卻不是孔天強想要的答案。重要的是她為何被追殺，狐狸精也能理解這問題的真正目的，接著說：「如果汝等想知道咱被追殺的原因，說實話咱並不怎麼清楚。」

狐狸精的語氣和眼神沒有任何虛假，但她剛剛那些小手段，讓孔天強懷疑她現在的眼神跟語氣都是刻意裝出來的。

「汝啊，人類，咱這次沒說任何謊話。」狐狸精看出孔天強眼中的不信任，哼了口氣，不屑地甩了下尾巴。「如果汝懷疑咱在說謊，咱可以用咱最珍貴的尾巴發誓，咱說的是真話。咱可不像某些人類，受了別人的恩惠還反過來害恩人。咱狐狸也有狐狸的驕傲，妙妙讓咱吃了頓這麼好的飯菜，咱也是會報恩的。」

孔天妙很開心，她知道狐狸精是真心這樣親暱地叫她，但更讓她開心的並不是這聲妙妙，而是——

「謝謝。」孔天妙臉上浮現燦爛的笑容，她已經好幾年沒有聽見對她廚藝的讚美，下一秒就對孔天強投以責備的眼神。

孔天強完全不能理解突然被責難的原因，他檢討自己是不是又做錯了什麼，卻想也想不明白。

「不過咱可以說說在被追殺前咱做了什麼。咱潛入那棟大樓，是為了想取回咱被偷走的東西，不小心觸動警鈴才會被追殺。途中她們曾經放棄追趕咱，但後來又突然殺出來，口中還嚷著咱是『重要的來源』。」

「這個，不就是妳被追殺的理由嗎？」孔天妙對狐狸精前後反覆的說詞感到困惑。

「咱當然知道。咱所謂的不清楚，是後面說咱是『重要的來源』這件事。中間他們曾經一度放棄，後來又派人追上來，這一點讓咱很在意。很明顯一開始他們當咱是一般的小偷，後來發現咱的身分才又追上來。咱推測咱被偷走的東西對他們很重要，所以咱的存在也對他們很重要……但這只是推測，咱才會說不清楚。還有，咱只是想取回屬於咱的東西，小偷是他們才對！」

狐狸精的妖氣對他們來說有重大的意義，所以才會事後又追了過來，企圖捕捉她。沒錯，是捕捉，狐狸精發現自己一直沒有受到致命的傷害，她也猜到孔天強肯定在追查什麼東西，所以刻意不說出自己被奪走的東西，想將對話引導成「談判」，討點便宜。

「妳要取回的是什麼？」孔天強抓住重點，立刻提問，他對狐狸精的感受完全不感興趣。

狐狸精盯著他看，火紅的雙瞳骨碌碌地轉著。

雖然事情如同狐狸精的期望，但不管怎麼想都是危險的賭博。從孔天強身上散發出的殺氣，狐狸精很清楚孔天強非常痛恨妖怪，痛恨到見妖殺妖的程度。自己之所以沒事，是因為握有孔天強想要的情報。但現在沒人保證孔天強得到情報之後會不會痛下殺手。

但不可否認現在是個好機會。

第一，孔天強比螞蟻精強。

第二，只要稍加挑撥，孔天強就會殺去找螞蟻精，那自己就可以趁機取回自己的妖力。

狐狸精注意到微笑的孔天妙，確信談判能夠得到保障，讓「有可能會喪命的賭博」變成「肯定能活命的利益交換」。不只能夠取回妖力，甚至還能有居所和伙食，可以盡情地待到她拿回三個妖力的碎片為止。

「不告訴汝。」

孔天強臉色一沉，發出駭人的殺氣。

「除非汝等答應咱的條件。」狐狸精勝券在握地笑了笑，並刻意強調「汝等」兩個字。

「如果汝等答應，咱就可以把情報告訴汝等。」

「妖怪也敢跟我談條件？」孔天強低吼，眼神凶狠到能把人看死的地步。若不是孔天妙在場，他肯定會翻桌，不管三七二十一地做掉眼前不知天高地厚的狐狸精。

「咱為什麼不能談條件？」狐狸精毫不畏懼，掛起挑釁的笑容。「咱知道的事情肯定是汝等迫切想知道的，所以咱才會沒有被汝殺掉，不是嗎？」

狐狸精如此犀利地抓住重點，孔天強臉上浮現不甘的情緒。

「直接告訴我們對妳也有好處不是嗎？我們可以幫妳調查為什麼會被追殺，

反正目的都相同。」孔天妙笑著開口，狐狸精跟孔天強的談判她全看在眼裡，卻沒有阻止的念頭，光是能看見孔天強與妖怪對話就已經是難得的事情。

「就這情況來說，咱現在是占了點上風，因為咱知道螞蟻精偷走的是什麼東西，汝等卻不知道，這東西大概是汝等解開一切的關鍵。」看見孔天妙開口，狐狸精知道她已經成功了，她輕輕搖起尾巴說：「所以咱可以談些對咱有利的東西，這是占上風者的權力，從古至今都是如此。」

孔天妙聽見狐狸精的言論，嘴角翹得更高了。狐狸精這氣勢正是她想要的，她仔細打量狐狸精，注意到那過分微弱的妖力，她對狐狸精被偷走的東西和可能會開出的條件有了大概的想法。

她開始思考，若讓狐狸精住下來對孔天強會有什麼影響。

十六年前，麒麟奪走了他們的父母，受到悲傷打擊的孔天強成為一個寡言的孩子，孔天妙也背負起照顧弟弟的責任。那一年孔天妙十歲、孔天強七歲。

時隔十一年，麒麟再次出現，奪走許多妖怪獵人的性命，其中包含孔天妙的未婚夫和未出生的孩子，更毀了她擁有親生血脈的機會和妖怪獵人的生涯。孔天強因此成為為復仇而活的存在，心中的黑暗讓他的火焰由青轉黑，進而得到妖化的能力。那年孔天妙二十一歲、孔天強十八歲。

或許是照顧孔天強久了，孔天妙做事總是朝對孔天強有利的方向考慮，像真正的母親一樣——

即使失去幸福，她也不曾怪罪過他。對現在的她而言，孔天強的幸福就是她最大的幸福。

而改變現狀的第一步，就是改變孔天強對妖怪的看法，漸漸消去他心中的仇恨。

「妳有什麼條件，說說看吧？」

「姐！」孔天強驚訝地看向孔天妙。

「怎麼？她說的確實沒錯啊，占上風者有權力得到他們想要的東西。」孔天妙笑著對孔天強說。

若是「飼養」一隻狐狸精能讓孔天強有所改變，即使可能違反妖怪獵人的規範，遭到機構懲處，孔天妙也心甘情願。

「汝，是認真的嗎？」狐狸精盯著孔天妙，緊張地嚥口口水，尾巴不由自主地豎直。

「是認真的喔，我可以用『孔天妙』三個字發誓。我的名字在妖怪獵人界可是很有分量的呢，和妳漂亮的尾巴一樣。」

「原來如此，真不愧是懂咱尾巴價值的人。」狐狸精咧嘴一笑，被誇獎的漂亮尾巴輕輕晃了起來。

孔天強瞪著狐狸精，努力咬牙忍耐，他知道現在不管說什麼，孔天妙肯定會出手保護狐狸精。

「第一，咱說出一切後，汝等不可以殺了咱。」

「這是當然。」

「……做不到。」孔天強握緊拳頭，忍耐瀕臨極限，若再聽見狐狸精開什麼要求，他極可能會抓狂。他看向孔天妙，再次強調自己的決心：「我做不到！」

「汝啊，難不成汝是咱口中所說的『不知感恩的人類嗎』？」狐狸精輕笑，尾巴輕佻地甩著，「汝，該不會認為自己比咱這野獸還不如？」

「對啊，天強，你不可以這樣。你這樣讓我覺得自己的教育很失敗……」孔天妙順著狐狸精的話，刻意大力地吸了吸鼻子：「沒想到你居然是不懂知恩圖報的人，姐姐我好難過喔……」

孔天強無言地看著孔天妙，不明白為何她要維護這隻該死的狐狸精。孔天妙沒有被狐狸精魅惑，但兩人同聲一氣的情況讓他完全不能理解。

明明奪走他們珍貴事物的就是妖怪，孔天妙卻完全不憎恨妖怪。

「其他條件呢？」看見孔天強的神情，孔天妙知道他已經屈服，她的臉上再次掛起笑容：「妳的條件不會只有這樣吧？」

「第二，汝等取回咱的東西後，一定要還給咱。」

「這個有待商議，要看是什麼東西喔？」孔天妙笑著婉拒。

看著孔天妙的笑容，狐狸精知道硬碰硬沒什麼好處，立刻更改條件：「那要不要還給咱，等汝看過之後再做決定，如何？」

「好，沒問題。」孔天妙繼續問：「還有呢？」

孔天妙的積極讓狐狸精愣了一下，不過這正合她的意。

「第三，在咱找回所有咱被偷走的東西前，讓咱住在這裡。」

「妳在開什麼玩笑！」孔天強吼了出來，他絕對不會和妖怪住在同一個屋簷下。他原本想立刻宰掉眼前不知死活的狐狸精，卻被孔天妙狠狠瞪了一眼，僵住動作。

「姐！」

「這個家好像不是你做主吧？」孔天妙壓低語氣，讓孔天強打了個冷顫。

「但是……」

「我有我的打算，坐下。」

孔天強坐回椅子上，熄掉雙拳的火焰。

狐狸精再次同情起對方。

「回歸正題，要答應這個條件可以，但妳必須遵守一項規則。」孔天妙重新把視線放回狐狸精身上。

「汝說來聽聽。」

「妳要幫忙做家事。」

「汝是指洗衣、煮飯和打掃嗎？」

「沒錯，住在這裡一定要幫忙做家事，不管是誰都一樣。」

「這當然沒問題，咱也不喜歡住在髒兮兮的地方，也沒有如此厚臉皮。」

「太棒了，天強，多一個人可以幫忙打掃了耶！」

木已成舟，孔天強陷入失神狀態，他沒想過居然會有和妖怪同住的一天。對他而言，所有妖怪都是必須抹殺的存在。

他無法理解孔天妙究竟在想什麼。

「還有其他的條件嗎？」

「第四，要讓咱有飯吃。」

「這當然沒問題！我覺得和妳一起吃飯比跟天強一起吃還要開心！」孔天妙再次對孔天強投以責難的眼神。

孔天強感到一股敗北的屈辱感，沒想到在孔天妙眼中自己居然比不上撿回來不到一天的狐狸精。

「沒辦法，誰叫你都用撲克臉在吃飯。」看孔天強一臉不解，孔天妙嘆口氣，用哀怨的語氣說：「也不說我做的菜到底好不好吃，超過分的。跟妳說喔，孔天強真的超級過分，有一次我炒高麗菜的時候故意放超多鹽巴，但是他卻什麼反應都沒有，依然把東西吃完，我都不知道該說什麼了！」

孔天強想起那鹹死人的高麗菜，原本以為是孔天妙身體不舒服，沒想到她是故意的。

「汝啊，真是個不懂感恩的傢伙。」狐狸精順勢補了一槍，讓孔天強的臉徹底僵住，雖然生氣卻又無法反駁。狐狸精看著孔天強的反應，嗤嗤地笑了起來，轉頭看向孔天妙：「咱還有一個要求。」

「請說。」

「咱希望能有保養咱尾巴的工具，咱已經許久沒有整理咱的尾巴了。」狐狸精說著，抱住自己的尾巴給孔天妙看：「汝看，有許多地方都已經分岔和打結了，最近還有跳蚤，這讓咱非常、非常地不舒服！」

「我懂我懂，這就跟頭髮打結一樣！」孔天妙抓著頭髮，大力點頭。「這當然沒問題，妳還有其他條件嗎？」

「咱認為五樣已經夠多了，若太貪心可是會遭天譴的。」狐狸精甩了甩尾巴。

「那換我說了喔，我也有條件要請妳完成。」

「……汝說說看。」

「第一，要讓我抱妳的尾巴。」

「這當然沒問題。」狐狸精的臉上出現一絲得意，「咱非常歡迎懂咱尾巴價值的人一同鑑賞咱這美麗的尾巴，咱可是樂於分享的狐狸呢。」

最後那句話，孔天強莫名地覺得刺耳。

「第二，我希望妳可以盡力協助天強，直到這件事情完美落幕。」

「那咱協助完之後呢？汝等會不會立刻殺了咱？」狐狸精雙眼一瞇，火紅的雙瞳露出滿滿的狐疑。雖然她早知道孔天妙的答案，但還是需要多一層保險。

「只要妳不會成為邪妖的話。」

「咱可沒這麼閒，在解決一切之後，咱想去看看這個新世界的樣貌。」

「既然這樣，當然沒問題囉。妖怪獵人是不會濫殺無辜的，對不對？」孔天妙笑著看向孔天強。

可惜在孔天強眼裡，沒有任何妖怪是無辜的。

「既然這樣，咱就放心了。」

「然後我還有最後一個條件，妳不能再對我或天強說謊。」

「……咱知道了。」看著孔天妙，狐狸精知道要小手段沒有什麼意義，只在心中啪嗟啪嗟打起算盤——

只說不能說謊，可沒說不能整孔天強。

想起孔天強的態度，狐狸精就覺得不爽，總覺得必須小小地報仇才能消除心頭之恨。

「那就一言為定了。」孔天妙笑著，伸出手來，狐狸精在愣了半秒後也伸出小小的手。

看著眼前一人一狐達成協議，孔天強雖然無比地不甘卻又無可奈何。

「咱被偷走的，是咱的妖力。」孔天妙的爽快讓狐狸精也毫不遲疑地說出一切，迅速切入正題，說起自己解除封印後這兩週發生的事情，並附贈了所有藏有她妖力碎片的地點。孔天強和孔天妙的臉色越聽越沉重，事情看來沒有想像中簡單。

馬氏企業，前述螞蟻精的公司。

龍里人壽，由蚯蚓精開設的保險公司。

白盤合庫，蜘蛛精掌控的銀行。

三家企業的董座都是麒麟會會長、妖獸麒麟·王聖霖的得力助手。麻煩的地方不僅如此，這三家企業全是國內知名企業，隨意下手不只會引起妖怪的混亂，還可能影響金融市場。此外，他們背後還有龐大的資源，若貿然發起攻擊，只會自取滅亡。

但一點動作都沒有是不行的，很明顯麒麟會打算利用狐狸精的妖力做些什麼，孔天強知道半妖暴走只是開幕而已。

現在情報還不夠。

雖然不願意，孔天強只能去找那個人。

「姐，我要出門了。」孔天強站起來，「我要去找李星羅。」

「喔？」聽到孔天強要主動去找那惡名昭彰的妖怪商人，孔天妙小小地吃了一驚。

「為什麼想去找他?你不是好幾年沒跟他接觸了嗎？」

「情況不一樣了。」孔天強皺著眉頭，看得出他其實也不願意去找那傢伙。

「我想知道，他們控制半妖的目的。」

「那代價呢？你應該知道找他買情報價格不菲吧？」孔天妙直接了當地說：「我最近沒有多餘的錢喔，海外的資金盤被套牢，沒辦法拿出情報費。」

「用這傢伙的情報。」

「咱？」狐狸精眼神瞬間充滿敵意，「才過多久而已，汝就忘記咱們的協議了？汝想出賣咱？」

「妳覺得妳很有價值？」孔天強一臉不屑地哼口氣，瞥她一眼後往玄關走去。

「汝！」面對孔天強的嘲諷，狐狸精咬著牙，生氣地用尾巴拍打椅背，悶悶地碎嘴：「咱才不是沒價值的東西，咱的尾巴很有價值……」

「不是要出賣妳啦，妳可以放心。」看狐狸精的樣子，孔天妙伸手輕撫她的金髮。思考一下後，她開口解釋孔天強的意思：「從目前的線索來看，螞蟻精正利用妳的妖力作亂，激發半妖的血液。這項情報對那個視錢如命的商人來說肯定非常有價值，天強要交換的就是這個。」

「原來如此……」狐狸精停下因不滿而甩動的尾巴。

「啊，對了，天強，你也帶她一起去吧。」孔天妙突然開口。

孔天強一聽，迅速拿起安全帽，往門外衝去。

「孔天強？」孔天妙再叫一聲，語氣加重許多，孔天強握住門把的手瞬間定格。

「你難道沒聽到我的話嗎？」

「不可能。」孔天強斬釘截鐵地說。「我不會讓妖怪上我的車。」

「你昨天不就把她載回來了嗎？」

「我是抓著她的尾巴，單手騎車回來。沒讓她碰到我的車。」

「汝！」狐狸精一聽，立刻知道那個詭異的夢到底是怎麼回事。她趕緊查看尾巴和尾椎連結的地方，有沒有因為孔天強粗魯的對待受傷或脫毛，如果真的有，狐狸精肯定會跟他拚命。

好險沒有任何損傷，避免了一場戰爭。

「你這傢伙！」聽到這件事，孔天妙忍不住對孔天強翻個大白眼，「居然對這麼棒的尾巴和這麼可愛的小傢伙做出這種粗魯殘忍的事情！」

「……我不該這樣做，把她帶回來是我的失誤。」孔天強的語氣充滿懊悔，如果沒有把她帶回來就不會惹出這麼多事端。

——即使得不到任何情報，也不會害自己必須和妖怪共住一個屋簷下。

「汝真的很過分，萬一真的脫毛了，汝要怎麼賠償咱！」狐狸精的憤怒並沒有因此消失，她指著孔天強叫著：「信不信咱會咬汝？」

「妳想被殺掉的話。」

「咱有約定的保護，汝殺不了咱。」

「嘖！」

「快跟咱道歉，否則別怪咱不客氣！」

「去死吧。」孔天強轉身就要離開。

「孔天強，你想去哪裡？」孔天妙立刻叫住他。

孔天強的動作再次停格。

「不管怎樣，你都要帶著……」孔天妙說著，突然意識到一件重要的事情，

她轉頭看向狐狸精問道：「妳叫什麼名字啊？」

「汝真好笑，咱怎麼會有名字？咱可是野獸！」狐狸精說得十分不客氣，甩

著尾巴敲打椅背，發出噪音表達自己的不滿。

「若是有了名字，不就跟人類或是寵物沒兩樣了嗎？跟那黑漆漆的來福一樣。」

狐狸精說著，眼神瞥向孔天強。

「這個嘛，以前或許是這樣，但是現代不一樣了喔。妖怪通常都有自己的名字。」知道狐狸精正在氣頭上，孔天妙沒有計較太多，耐著性子跟狐狸精解釋：「現代妖怪也開始組織性的行動，不像以前獨來獨往了。因為這樣，名字就變得很重要。舉例來說，現在這裡有十隻狐狸精，我想叫妳時該怎麼做？而且住在一起還稱呼妳『妖怪』或是『狐狸精』，不是很奇怪嗎？」

「汝說的有道理……」狐狸精說著，停下躁動的尾巴，思考著。「不然，妙妙幫咱取一個吧？只要不叫孔天強就好。」

孔天強無語，這狐狸精絕對是故意的！

「噗……不叫孔天強就好，這笑話真不錯。」孔天妙不僅沒有幫孔天強說話，還笑出聲，讓孔天強更加後悔把狐狸精撿回家。她沉思了一會兒，莞爾地看著狐狸精說：「『璃』，琉璃的『璃』，妳覺得怎樣？」

「隨意吧，只要不是孔天強都是好名字，而且這名字感覺也挺漂亮的。」狐狸精甩了甩尾巴，「以後，就叫咱璃吧，咱對外也會用這個名字。」

孔天強看向孔天妙。注意到視線，她對他露出笑容，那副表情讓孔天強感到一陣心痛。

「璃」，是原本準備給孔天妙未出世的女兒的乳名。是孔天強取的，希望那女孩可以如同琉璃般美麗和純潔。但此刻這名字卻被孔天妙贈給了一個認識不到一天的妖怪。

「咳，剛剛說到哪裡？對了對了，總之，天強你就帶小璃去吧。」孔天妙說，「要不然你就死定了喔！」

「我還要去賞金獵人協會。」孔天強試著找理由拒絕。

「咱也不想去，咱可不想冒著尾巴斷掉的風險！」璃也提出抗議。

「去賞金獵人協會有什麼關係，小璃又不是懸賞妖怪，而且那裡也有身為妖怪的賞金獵人，不是嗎？」孔天妙反問，然後對璃說道：「不行任性喔，我叫妳去妳就得去，依約定妳要幫天強的忙。」

「……嘖。」見「約定」兩字，璃聽知道自己賴不掉，只能不滿地鼓著肉嘟嘟的臉頰，想賣萌讓孔天妙回心轉意。

面對強勢的孔天妙，孔天強無言以對。但他仍不死心，試圖再找理由拒絕，他注意到璃現在的模樣，立刻想出一個好理由。

「我不可能載一個裸體蘿莉上街。」

「……啊。」孔天妙這才注意到璃一絲不掛的狀態，她瞪了孔天強一眼，「都知道小璃沒穿衣服了還一直盯著她看，孔天強，你到現在都沒交女朋友的原因，該不會……因為你是蘿莉控吧？」

面對這莫須有的指控，孔天強只能默默把眼睛挪開，再次強調：「總之她沒穿衣服，不可能上街。」

「小璃可是『另一個世界』的人喔，正常人是看不見她的。」

「但還是有可能被看見，我必須迴避風險。」

「等等，為啥汝等覺得咱必須穿衣服?咱可是野獸，不穿衣服才是正常的！」璃一臉理所當然地說：「汝等，有看過穿衣服的野獸嗎？」

璃看出孔天強的意圖，加上本身也不願意接近孔天強，所以便順著反駁。

「天強說得有道理，的確要避免那些可能看得見的人。」聽孔天妙這麼說，孔天強的嘴角忍不住微微上揚，第一次體會到反抗孔天妙的成就感。孔天妙對璃翻個大白眼，把輪椅推往自己的房間。

「小璃，既然妳現在是人類的樣子就要遵守人類的規則……孔天強，別以為我沒看見你在那裡偷笑。」

孔天強立刻收起笑容。

背對一人一狐的孔天妙卻笑了，她已經許久沒見過孔天強露出這樣的表情。

孔天妙沒多久就從房間出來，手上多了一件白色的洋裝，看見那洋裝，孔天強又是一愣。

「璃，把這個穿上。」

聽見這句話，孔天強瞪大雙眼。

「嘖，咱可是野獸，咱才不要像人類那樣穿衣服！」璃一臉嫌惡，下一秒一股惡寒從尾椎直刺她的腦髓。

孔天妙依然笑著，卻讓璃全身起了雞皮疙瘩。

璃不敢多說第二句話，趕緊把衣服穿上身。

白色的洋裝上裝飾著小花，蕾絲裙襬輕飄飄地十分優雅。金色長髮和火紅雙瞳的璃穿上這套洋裝，看起來就像混血兒一樣，十分可愛。

「好了，非常完美。這是我小時候穿的衣服，妳穿起來也很適合喔！」孔天妙笑著，但璃卻嗅到謊言的味道，知道真相的孔天強皺起眉頭。

這件洋裝，是孔天妙預先買下準備在女兒五歲生日時送給她的禮物。

孔天妙反常的行為讓孔天強不禁擔心了起來。雖然外表看不出來，但他知道姐姐仍忘不了那時的傷痛，她會對璃這麼好極有可能是移情作用。

「……咱的尾巴挺不舒服的。」雖然嗅到謊言的氣味，但她沒有開口，這時候問這個太不識趣了。她指向尾巴的地方，裙子明顯凸起一塊。

「咱可以在上面弄一個洞，讓咱的尾巴穿過去嗎？」

「欸？」孔天妙一愣。

這是她重要的回憶，豈會忍心讓璃在上面開洞？

璃也不是認真的，她只是想確認這件裙子對孔天妙的重要性。看著孔天妙的表情，璃告誡自己千萬別弄髒或弄破。

「不准。」孔天強快步走進自己的房間，拿出一張藍色的符咒，二話不說，一把將符咒貼在璃的背上，下一秒璃的狐狸耳朵和自豪的尾巴全部消失，看起來和真正五、六歲的小蘿莉沒兩樣。

「欸？欸——」孔天強鬆開手後，璃感覺到自己的尾巴和耳朵消失不見，她不斷地摸著尾椎和頭頂。

「汝、汝對咱做了什麼好事！咱驕傲的尾巴和可愛的耳朵呢？還給咱！」

璃一副快哭出來的樣子，朝孔天強撲過去，卻不小心被自己絆倒，不知道怎麼回事，她感覺自己的身體沒有原本的那麼輕盈敏捷，就跟人類一樣。

看著璃狼狽的模樣，孔天強得意地冷笑，終於小小地解了心頭的怨恨。看見孔天強的冷笑，璃更加難過，她用奇怪的姿勢爬到孔天妙身後，低聲啜泣了起來。

璃的樣子讓孔天強感到罪惡，總覺得自己像欺負了一隻無力的小動物。

「原來如此，剛剛那是……」孔天妙想了一下，轉頭把璃抱上自己的大腿安慰道：「沒事的，妳不用緊張。」

「咱的尾巴……」璃淚眼汪汪地看向孔天妙，一臉鼻涕眼淚，孔天妙轉頭瞪了孔天強一眼。

哭。

「而、而且咱還沒有力量反擊那個孔天強……嗚嗚……」

「那個孔天強」聽到這難過中又帶著貶意的話，忍不住懷疑璃是不是又在假討厭孔天強是璃身為妖怪的本能，無論是在難過還是在睡夢中，她都會無意識地損孔天強，並不是刻意這麼做。

「沒事的、沒事的。」孔天妙溫柔地拍拍璃的腦袋，看著她的動作，孔天強想起以前被欺負的時候孔天妙也會這樣安慰他。

「妳的尾巴還在喔，只是天強把妳的妖力暫時封印起來而已，並不是真的不見了，別緊張，只是妳現在的體能和人類的小朋友一樣，所以要小心。」

「真的嗎？」璃問著，孔天妙抽張衛生紙擦了擦璃的鼻涕和眼淚。

「嗯，真的。當然如果妳不喜歡，我可以替妳把符咒撕掉。」

「不准，那是姐重要的東西，不可能讓妳在上面剪個洞。」孔天強冷冷地說。

「只是一件洋裝而已，沒關係啦。」孔天妙笑著，但笑容卻藏不住眼底的悲傷，璃看得一清二楚。

「沒關係的，咱願意忍耐……」璃跳下孔天妙的腿，依然沒什麼精神。

「……晚上回來，我會準備好吃的東西給妳吃，所以打起精神來吧。」

聽見有好吃的東西，璃瞬間打直腰桿，回頭對孔天強說：「汝啊，咱都願意忍耐了，汝忍耐一下又何妨？快把事情辦一辦回來，讓咱趕快吃到妙妙的好料理！」

看著這麼快就打起精神的璃，孔天強覺得背上罪惡感的自己真是大傻瓜。

「孔天強？」孔天妙笑著。

「我其實可以自己去……」

「你說什麼？」

「沒有，沒事。」

看著孔天強一臉哀怨的神情，璃竊笑了起來。

FOX SPIRIT

>>> Chapter.4_ 這樣的商人沒問題嗎？

孔天強看著眼前光滑白嫩的屁股蛋，額頭冒出青筋，整個人因怒火而發抖，如果不是那該死的約定，他早就把眼前的小狐狸精碎屍萬段。

其實只要孔天強多想一下，就會發現這狀況他也要付一半的責任。

孔天強不准璃抱住自己，而璃的身體太過輕盈好幾次差點被吹走，所以她只好轉身抱住機車的後扶手，面向後方趴著，裙子被風掀到頭頂上，沒穿內褲又失去尾巴掩護的小屁屁就這麼暴露在大庭廣眾下，漂亮的背脊、圓滑的曲線和肉嘟嘟的大腿，肯定能讓蘿莉控瘋狂。

但璃卻不以為意，這對身為野獸的她是再正常不過的事情。她不僅不感到羞恥，還有點愛上強風吹在屁股上的涼爽感覺。她就這麼曬著屁股，一路到達目的地。

幸好她是妖怪，否則肯定會造成騷動。

「汝真是不貼心，咱的腿這麼短妖力還被封住，與人類幼童無異，汝就不能幫咱一把?上車要咱自己來，連下車也是。」璃一邊爬下車一邊碎碎念，「就只知道用凶惡的眼神看咱，汝還會什麼？」

這抱怨讓孔天強額頭青筋畢露，為了避免失控，他頭也不回地往巷子裡走去。

「汝等等咱啊！」璃看到孔天強快步離開瞬間急了起來，若不快點跟上去，有可能成為孔天強和孔天妙打小報告的把柄。

「嘖，人類怎麼喜歡穿這種東西讓自己行動不便啊！」

璃脫掉腳上硬邦邦的小紅鞋，放在坐墊上，小跑步地跟上去。但是幼童的步伐加上沒有妖力，璃追得氣喘吁吁，等追到人時璃覺得自己可能真的會死掉。

孔天強站在一間古早味雜貨店前，璃在他身邊愣著，一臉不解地看向他。

憎恨妖怪的孔天強站在妖怪的巢穴前，若不是要殺妖就是另有目的。

孔天強並沒有因為鐵捲門放下而打退堂鼓，他在鐵捲門上叩了十三下，鐵捲門居然開始扭曲，中心點出現一道漩渦，接著妖怪商店的入口出現在他們面前，璃抬頭看向那塊十分有年代感的木頭招牌——

萬年雜貨店。

孔天強走了進去，璃緊跟在他身後。一進門，一股腐臭味差點讓璃暈過去。是什麼東西腐爛的氣味。

璃乾嘔幾聲，不安地看向四周。照明不足的空間散發著恐怖的氣氛，整齊的貨架上擺著凌亂的商品，看起來十分詭異。那些奇奇怪怪的商品有龍的指甲、蝙蝠翅膀和鐵甲蛹等等，特別是那泡著不明液體卻不斷瞪著人的眼睛，讓璃緊緊跟著孔天強，只差沒貼上去。

一般人肯定不會想來這裡。

孔天強走到走道底端的櫃檯，一看見老闆，璃立刻明白——

這裡腐爛的不是其他東西，而是老闆本人。

老闆骨瘦如柴，像是包著人皮的骷髏，頭頂毛髮稀疏，眼窩凹陷，鼻梁歪斜，嘴唇乾癟。他身上雖然有奇怪的香味，卻騙不過璃的鼻子，那香味中帶著濃厚的屍臭味，讓璃非常難受。

「哎呀哎呀，這不是大名鼎鼎的黑色火焰的影魅嗎？真是好久不見了。」見到孔天強，老闆露出詭異的笑容。

璃知道他就是李星羅，一具殭屍。

「今天是什麼風把這樣的大人物吹來了啊，小兄弟？而且最討厭妖怪的妖怪獵人還帶著一隻罕見的小妖怪呢。」

面對李星羅的視線，璃的臉上出現厭惡的神情，躲到孔天強身後。

「這麼久沒來，我真的好想你啊，今天一樣是為了麒麟而來嗎？」看見孔天強因「麒麟」二字表現出的厭惡神情，李星羅的笑臉更加扭曲，彷彿非常享受一樣。

他就是先前將麒麟的情報賣給孔天強的商人。

「我要情報。」孔天強不想跟他多說什麼，深呼吸、稍稍平復自己的情緒後才開口。「螞蟻精打算做什麼？」

看著孔天強的反應，璃也清楚孔天強非常討厭李星羅，若非不得已他也不會來這裡。

「行，老規矩。」李星羅聽見生意上門，笑得更加燦爛噁心。

「用情報交換。」

「你這麼確定自己帶來的情報有足夠的價值？」

「他們操弄妖怪的手法，我知道了。」孔天強冷著臉說，璃一聽就知道這是謊話。

到目前為止，那些都只是他們的推測，沒有確切的證據證明螞蟻精就是用璃的妖力操縱半妖。

「那種等級的情報你以為我沒有嗎？」李星羅像是聽見什麼天大的笑話一樣，用他難聽的嗓音大笑起來。

「就當是預付款，我可以先將我的情報給你。他們有狐狸精的幫助，那些半妖都是因為狐狸精的魅術……」

李星羅的笑容突然僵住了。

透過他的反應，孔天強知道自己的推測完全正確。

「原來如此，所以那些企圖發掘真相的人，才會找了老半天都找不到作亂的狐狸精。」李星羅的笑聲變得低沉，咧開嘴、露出泛黃的獠牙。「也難怪這隻小狐狸的妖力這麼虛弱。我接受這筆交易，小兄弟。」

說完，轉身走向後檯。

「汝，這樣把咱的情報給這個臭殭屍沒問題？」璃的語氣帶著明顯的不安，

「還有可不可以趕快離開這裡，咱真的非常討厭殭屍！」

璃從以前就非常討厭殭屍，殭屍大多是因人類的「欲望」重生的屍體，因此他們無視妖怪間的規則，不僅破壞妖怪互相約定的獵場範圍，甚至還會下山吃人吸血，將壞事賴到其他妖怪身上。身為狐狸精的璃，就常常成為被指責的對象。

孔天強回頭冷冷地看向璃，「那不重要。」

「汝！」璃細細的眉毛皺成了倒八字，不知道哪裡來的勇氣，居然踢了孔天

強的一腳。

在別人眼中，璃生氣的模樣肯定十分可愛，氣嘟嘟的小臉也讓人融化，但在孔天強眼裡，這是足以碎屍萬段的罪刑。

「別逼我破壞約定，死狐狸。」

「汝沒種。」璃雙手抱胸，甩過頭去，不斷發出哼哼的怪聲，對孔天強一臉不屑的樣子。

孔天強的眉毛糾結在一起。

他確實沒種違背孔天妙。

「若不是妙妙一直要咱跟來，咱才一點都不想跟汝出來。」說到這裡，璃還是搞不清楚孔天妙堅持要她過來的原因。「汝總是用讓人不爽的眼神看咱，咱可不欠汝什麼。」

「妳欠我一條命。我沒必要給妖怪好臉色。」

「咱這次雖是汝救的，但汝能保證改天不會換咱救汝嗎？少把這種事情掛嘴邊，說得自己很偉大一般。」

「妳不高興可以滾。」

「咱走了就活不下去了。咱想盡辦法才爭取到活下去的條件，為何要放棄？」璃遵守和孔天妙的約定，非常老實，接著咧嘴一笑，挑釁地說：「但咱走了，汝也活不下去，妙妙肯定會宰了汝。」

「東西在這裡。」李星羅嘿嘿笑著，交出一個牛皮紙袋。「我不過就是進去拿個東西，你們怎麼一副剛發生世界大戰的樣子？」

孔天強沒有回答他的問題，迅速把東西拿出來確認。但紙袋裡的資料卻不是孔天強想要的情報，裡面是馬氏企業公司大樓的平面圖以及電子鎖密碼。

「這不是我要的。」孔天強瞪向李星羅。

「小兄弟，別用這種眼神看著我嘛，一副我要誆你的表情。」看著孔天強帶著殺氣的不信任眼神，李星羅嘿嘿笑著，拿出另一個紙袋給孔天強。「我只是認為你的情報足夠換這麼多。」

這是句十足的謊話，孔天強的情報並非真的這麼值錢，而是李星羅相信眼前的一人一狐肯定會鬧出什麼事情來。這是他的商機，他從他們身上嗅到錢的味道，多給的情報只是一種「投資」。

看著他們，李星羅認為這樣違反「常理」的搭配有一定的潛力和價值。像他之前開發的組合，已經讓他獲利至少一億美元。

此刻，又出現相似的組合，讓李星羅感到興奮。

憎恨妖怪的「黑色火焰的影魅」配上妖力被奪走的「貧弱狐狸精」，光是孔天強沒有殺掉璃就已經是奇蹟了，居然還帶著她四處走動，足以登上妖怪報紙的頭條。

孔天強拆開另一個紙袋，裡頭的資料讓他愣住了。

螞蟻精不只刺激半妖妖化，還企圖控制他們，但這只是計畫的開端。光臺北市擁有妖怪血統、可以被螞蟻精控制的就有一千多人，他們企圖將這些人變成自己的軍隊，組建軍隊的目的正是——

戰爭。

這支軍隊主要協助麒麟會支持的組織——「西方妖怪殲滅聯合」，一個企圖驅逐亞洲大陸所有西方妖怪的組織，打算和西方妖怪開戰。

妖怪間的自相殘殺孔天強覺得無所謂，這對他來說這是再好不過的事情。妖怪當然死越多越好，但讓孔天強傷腦筋的是後面衍伸的災情。

戰爭極有可能引發妖災。

孔天強知道事態若是這樣發展下去，勢必會造成悲劇，他必須阻止那一切發生。

「螞蟻精利用這傢伙的妖力來激發半妖的妖性。」孔天強丟下這句話後轉身離開。

「小兄弟，還有興趣和我做筆交易嗎？」見孔天強這麼快就要離開，李星羅立刻開口。

「沒興趣。」孔天強看都不看李星羅一眼。

「你真的不考慮一下嗎？」看著孔天強和璃的背影，李星羅笑得更加詭異。

他再次想到那對吸血鬼和人類的組合，雖然性質不同，卻在某些地方極其相似，這兩人以後肯定也會是最佳拍檔。

李星羅好奇地想著，這兩人最終會如何發展呢？

「你今晚應該會偷襲馬氏企業吧，特別是看到那分情報之後。」李星羅說出這句話，孔天強立刻駐足。

「汝！」跟在孔天強身後的璃來不及反應，整個人撞在他的小腿上。原本還想抱怨，但瞬間卻本能地發起抖來。

野獸的本能告訴她此刻的孔天強非常危險。

孔天強發出駭人的殺氣刺向李星羅，被對方一眼看出計畫讓他非常不安，瞬間起了殺人滅口的念頭。據孔天強所知，李星羅是個只要有錢賺就什麼都能賣的黑心商人，代表他即有可能把自己的計畫透露給馬氏企業。

「哎呀，小兄弟你別這樣看著我嘛！」面對孔天強駭人的殺氣，李星羅依舊從容。「你真的不想和我談生意？對你我都有好處啊，小兄弟。」

「你到底想做什麼?」

「就是做生意啊。只是你不答應的話,就會變成單純對你不利的生意。」

「我會殺了你。」

「小兄弟啊,你殺不掉我的,原因你很清楚。」李星羅挑釁地咧嘴笑著。「還有毀了這裡又如何?並沒有太多意義,因為這裡只是一家分店,這樣的店鋪要多少有多少,就算開在臺北一〇一也是小菜一碟。何況對我出手,會給很多人正當理由找你麻煩喔?」

在這裡和孔天強對話的不過是李星羅眾多肉傀儡的其中一具,這樣的屍體傀儡就算毀壞他也不會心疼,只要再去墳場挖就好。孔天強相當清楚,因為他曾經吃過虧。

李星羅說的都是事實,無論是妖怪還是人類,想找孔天強麻煩的人多如牛毛，只缺一個正當的理由。李星羅雖然是黑心商人，卻是罕見的「絕對中立」，是個徹底的「金錢奴隸」，只要有錢賺，無論哪一邊的生意他都做。他不會偏心人類或妖怪，也因為他的「公平」，讓他的地位十分特殊。雖然很多人恨他入骨，卻又不斷光顧他的商店。

李星羅雖然十分弱小，但金錢堆疊出來的實力卻讓孔天強被徹底箝制，他別無選擇。

「……你要什麼？」

孔天強轉身走回櫃檯，十足的殺氣居然喚醒屍體本身的恐懼，肉傀儡僵住幾秒不能動彈，這讓李星羅更加地感興趣。

「小兄弟，這氣勢不錯喔。」李星羅重新取回肉傀儡的控制權，怪笑著趴在櫃檯上，微微瞇眼。「為了讓你們安心，我會給你們額外的保證作為誠意。第一，我不會讓他們知道你手上有公司的平面圖；第二，平面圖和密碼絕對是最新版本。」

「汝這奸商，汝的保證能信嗎？」

「喔？狐狸精大人明顯對我不夠了解呢。妳難道不知道世界上沒有東西能比得上我的保證嗎？」

李星羅說的是實話，雖然他是個黑心奸商，但非常講信用。只要他敢開口保證，即使是龍的逆鱗也可以弄到手。

他累積的財富「富可敵世」，但至今仍沒人知道李星羅賺這麼多錢的目的，以及他成為殭屍的原因。

「如果懷疑的話，我告訴你們一件事情吧。當初馬氏企業那棟大樓的建築承包商就是我啊，既然大樓是我設計的，平面圖怎麼可能會出錯？」

孔天強和璃無語。

所謂「請鬼抓藥單」，大概就是指這種情形。

「不只如此，金庫和大門的微電腦都在我的掌控之下，他們每次換密碼我都知道呢……喂喂，小兄弟和狐狸精大人啊，別這麼看我。我可是有好好地徵求他們同意啊，他們只有要求不能變賣平面圖的正本和監看他們的監視錄影，我都有好好遵守呢。這些資料都是影本，我也確實沒有監看錄影，只監看他們金庫和安全密碼而已，我可是守約的好商人啊！」

或許螞蟻精的腦子比較小，才會被李星羅耍得團團轉。

「你想要從我這裡得到什麼？」眼下的交易明顯過分有利，孔天強決定進一步問清楚。

「我要的東西很簡單，半年內來我這裡光顧十次。還有，我有拿到你狩獵戰利品的絕對優先權。」

「我沒這麼多錢光顧你。」聽到李星羅獅子大開口，孔天強臉色更陰沉。

李星羅的情報和材料費並不便宜，隨隨便便都是幾十萬美金起跳，有些更高達幾千萬美金，不是一般人可以負擔的金額。

「光顧我不一定要付錢啊，小兄弟，只要和我講講你打算攻擊哪個倒楣的妖怪就好了，就當陪我這老人家聊聊天嘛！」

孔天強再次提高警戒。

「當然，所謂的『生意』，不會只有單方面的給予或收取，和我聊聊天就可以獲得情報，不覺得很划算嗎？」李星羅察覺到孔天強眼神中的不友善，但他還是怪笑著，思考該如何把眼前的肥肉送進嘴裡。

「還有，關於獲得戰利品的優先權，指的是我可以直接拿走我想要的東西不用付錢。當然，如果是你我都不需要的東西，也可以視情況採購，你不覺得這是個雙贏交易嗎？」

孔天強盯著李星羅，試圖從那張壞死的臉上找出說謊的痕跡。這麼有利的條件，讓他感覺其中有詐。

「別這樣看我啊，小兄弟，這可是跳樓大拍賣，認識我這麼久了，你應該知道這是百年難得一見的機會啊！」看著孔天強的表情，李星羅知道事情已經成功一半，只要他再多推幾把，孔天強肯定會上鉤。

「對了，最近美國有一種新的神經修復手術，目前已經有好幾個成功案例，讓因重大事故而無法正常行走的人們重新回歸正常生活。這個手術得到非常高的評價，術後不僅能夠正常生活且完全沒有後遺症，唯一的缺點是，手術的費用並不便宜。」

孔天強的殺氣瞬間消失，換成一臉不敢置信。

「小兄弟，接受我的條件吧。只靠賞金獵人的賞金可沒辦法去美國動手術，所以你可以考慮賣戰利品給我，多少賺一點。」

孔天強沉默地思考，雖然他覺得事有蹊蹺，但一想到能讓孔天妙恢復行走的能力，他就沒理由拒絕李星羅。

「我……」

「等等。」璃出聲打斷孔天強的話，她對李星羅做了個鬼臉，「這條件咱們不接受，汝這卑鄙的小人！」

「怎麼回事？」孔天強困惑地看向璃，接著注意到李星羅那張噁心的笑臉，他立刻明白其中的關鍵。

「汝啊，居然傻愣愣地被騙，咱總算知道為何妙妙硬要咱來了。」璃雙手抱胸，朝孔天強翻了個白眼，繼續說：「這麼明顯的陷阱汝居然沒有發現，真是遲鈍，妙妙真的很辛苦呢。」

璃那對火紅的雙瞳看向李星羅，「先講講『光顧』汝的事情吧，汝要咱們說出最近打算攻擊的對象，但汝可沒說汝提供的情報是什麼啊？若是汝說『我今天晚上打算吃人』這種不是咱們想要的情報，不是很不公平？」

孔天強恍然大悟地看向失去笑容的李星羅。

「再者，關於戰利品的分配，『優先拿到孔天強狩獵時得到的戰利品，視情況考慮買下他和汝都不要的東西』。汝只要先拿走汝真正想要的東西即可，『視情況』這種事情根本不會發生，這世上有人會蠢到花錢買一樣不想要的東西嗎？而且汝刻意的把這件事情和『光顧』的事情說在一起，但採購戰利品的權力卻沒有設置期限。『半年內光顧汝十次並且半年內有優先的採購權』和『半年內光顧汝十次，還有，有優先的採購權』可是兩碼事，後者等同將孔天強當奴隸，讓他不斷替汝賺戰利品，還不用花任何代價？」

聽完璃的解析，孔天強立刻對李星羅投以充滿殺氣的眼神。下一秒，原先僵著臉的李星羅突然哈哈大笑起來。

「真不愧是狐狸精大人，在您這說謊大師面前說謊就跟班門弄斧一樣愚蠢。」

「咱壞了汝的好事，所以汝在暗損咱嗎？」璃冷哼一聲，雙手抱胸甩過頭去。

「既然被看穿了，那我修正一下條件好了。光顧的時候必須交換同樣價值的情報，戰利品我依然有絕對的優先權，但這次有半年的時間限制，而且每一次我都會支付商品價值的一成額當作收購金額。」

「咱們怎知道汝口中的『同樣價值』和『商品價值』究竟如何估量？是真是

假？」

「我會出示過去相關的採購紀錄當成佐證，如果沒有相關資料，我會公平地估價，這一點『我保證』。」

「喔？公平估價是汝保證的，那汝能保證相關採購紀錄的真偽嗎？」

孔天強覺得自己完全沒有說話的餘地，這是璃和李星羅的交鋒。他現在能理解為何孔天妙堅持要璃跟著自己來了。

只有會說謊的人才能識破真正的謊言。

「天啊，我的狐狸精大人，能請您別這麼多疑嗎？帳本這種東西我絕對不作假，『我保證』。」

「是嗎？汝都這麼說了，大概就沒問題了。」

「感謝狐狸精大人的厚愛。」

雖然被璃看穿了隱藏的陷阱，但李星羅依然不覺得自己有虧損，畢竟被識破的那些充其量只是外快，他真正想要的是眼前的一人一狐能夠一起行動。只要得知他們的計畫後，先一步販賣情報和武器裝備給孔天強的敵人，甚至仲介傭兵或殺手，都是一大筆收入。

「……那就這樣？」孔天強對自己吐出的疑問感到驚訝，這很明顯是在徵求璃的意見，他從沒想過會有徵求妖怪意見的這一天。

「就這樣吧，還有能快點離開這裡嗎？咱的鼻子和嗅覺都快失靈了，咱可不想聞不出妙妙那桌好菜的味道！」雖然嘴巴上這麼說著，璃的嘴角卻微微上揚。

如果她的尾巴能露出來，肯定會愉悅地輕甩著。

FOX SPIRIT

>>> Chapter.5_ 戰爭的前兆

所謂的「妖災」，是指由妖怪引發的災難，主要成因是強大的妖力刺激到地脈或妖力間大規模的衝突造成的天候異常，常見的有地震、暴雨以及龍捲風等等。

雖然馬氏企業操控半妖的目的並不是為了引起妖災、毀滅人類那老套又邪惡的陰謀，但妖怪間的戰爭很有可能造成可怕的災難。

麒麟會支持的組織「西方妖怪殲滅聯合」，打算透過發動戰爭的方式，全面驅逐位於亞洲的西方妖怪。那些有東方血統的半妖就是他們最好的士兵，雖然沒辦法像純正血統的妖怪一樣強悍，但當成戰術棄子或游擊隊來使用已經綽綽有餘。

首先激發妖怪的血脈，然後試圖控制他們的行動，最後訓練技能、投入戰爭之中。

李星羅的報告非常詳細，詳細到讓人忍不住懷疑他就是幕後黑手。但除了作戰內容之外，計畫的期程也全部寫在上面，甚至還記錄了各階段計畫的負責人及負責單位，其中就有馬氏企業的CEO——馬穎真。這些負責單位和璃的妖力碎片所在地完全相符，讓情報的可信度大大提升。

半妖的暴走只是開端，但這也是最幸運的地方，代表只要擊破馬氏企業，那接下來的計畫都會延宕甚至放棄。

當然，孔天強不是第一個拿到這份計畫的人，機構、妖怪協會、以和平為目標的組織和妖怪獵人家族也都跟李星羅買了這分計畫，但他們都缺少了最核心的情報——

負責刺激妖怪之血的狐狸精是誰？

為了避免擴大衝突，各組織打算暗殺或捕捉這隻不知好歹的狐狸精來打亂

「西方妖怪殲滅聯合」的計畫，卻都一無所獲。

掌握關鍵的孔天強理所當然比其他人還要快上許多，這也是李星羅認為這情報有交換價值的原因。

不過事情演變至此，和馬氏企業甚至是麒麟會的衝突勢在必行，只有透過暴力才能搶走計畫的關鍵。

不過，馬氏企業不是傻子，麒麟會也不是笨蛋，不可能毫無防備。

因此，孔天強這次的行動非常重要，如果要突襲馬氏企業，就必須一次成功，否則之後會更難得手。目前唯一的優勢就是對方肯定料想不到突襲的人是「黑色火焰的影魅」，一個賞金獵人、妖怪間的都市傳說。

因為沒有確切的犯罪證據，機構沒有對馬氏企業發出懸賞，原則上賞金獵人不應該盯上他們。但孔天強是個特例，超出他們的預料範圍，使他握有那一絲絲的勝算。

要討伐被歸類為甲級妖怪的蟻后，為了擴大優勢，孔天強決定向賞金獵人協會請求支援。

這次孔天強沒有再讓璃趴在後座，上演剛剛那種詭異畫面，不然這次要是不幸被人看見，他肯定會碰上麻煩。再加上璃剛剛幫了他一個大忙，為了不再被說是「不懂報恩的人」，即使反感，還是找了一條繩子綁在腰上，讓璃抓住兩端的繩頭，好好地坐著。

這是孔天強能接受的極限。

可惜孔天強完全沒意識到，自己看起來像一匹被駕馭的馬，璃還壞心地偷偷甩動繩子，像策馬狂奔的騎師。

一人一狐來到一棟外牆由玻璃帷幕構成的現代大樓。停好機車後，兩人上了五樓，這裡就是臺灣地區妖怪獵人的總部。

「汝啊，咱來這種地方可以嗎？」一到門口，璃感受到透過玻璃門看著她的視線，立刻藏到孔天強身後。

「這裡有身分是妖怪的賞金獵人，也有殺人委託。」

如孔天強所說，賞金獵人協會的公布欄裡不只懸賞妖怪，也懸賞半妖或是人類。因此賞金獵人的身分不一，協會公平地接納每一個獵人和他們帶來的商機。因為有殺人委託的緣故，賞金獵人協會是個徹底違法的組織，但有些事件又不得不依靠賞金獵人解決，「機構」只好對賞金獵人協會的行為睜一隻眼閉一隻眼。

公布欄上有七成的委託來自「機構」，三成則是私人委託。機構的委託不只針對妖怪，有時還會對無法處理的妖怪獵人或「跟這世界有關的人」發布賞金通緝。但因為被通緝對象無論是妖怪還是人類都有正式的國民戶籍，法律上需要不少金錢來處理，所以機構發布的委託金額很低，還要扣除百分之十的金額當作協會的手續費。如果想過正常生活，一個月至少要解決掉十筆左右的委託，但大部分的獵人解決十到十五筆委託就差不多是極限了。

像孔天強這樣一個月能解決五十筆以上的賞金獵人算是特例。

出於對妖怪的憎恨，孔天強解決的委託特別多，有時甚至會跑到外縣市。因為他過於勤勞加上實力強悍，才會成為妖怪間的都市傳說。

要成為賞金獵人並不是一件簡單的事，首先要有一定的實績，接著再通過協會的考試。成為獵人後，不僅能接受委託，還享有協會的保護，不會成為懸賞目標，而賞金獵人間也不能互相攻擊。

因為加入了賞金獵人協會，孔天強的生活才變得較為安穩。不像之前不知道哪個妖怪發布懸賞三十萬美金的委託，幾乎每天都有人來找他打架，被他順勢滅掉的妖怪賞金獵人也不少，因此獲得不少的「實績」。

「汝啊，那男人怎會被特別貼在這裡？」進門時，璃看見一旁的特殊懸賞公布欄，好奇地提問。

孔天強回頭，接著也愣了一下。

因為有通訊軟體、電子公布欄和網路轉帳的緣故，孔天強已經很久沒來到協會，加上特殊懸賞公布欄沒有電子版本，他也不知道懸賞對象有更新。在他的印象中，特殊懸賞公布欄空了至少一年，但看著那張人畜無害的臉，孔天強微微皺起眉頭。

林家昂。

懸賞金一百萬美金。

這個叫林家昂的半吸血鬼，居然創下賞金獵人協會最高的賞金紀錄。

「唉呀，這不是我們的ＶＩＰ獵人，黑影嗎？」一旁突然傳來聲音，孔天強轉頭一看，是個臉上堆滿親切笑容、穿著白色西裝，約三十歲上下的男人。他是賞金獵人協會的服務員，代號「笑容先生」。

「好久沒看見你了呢，什麼風把你吹來總部？該不會是那張至今沒人敢撕的榜單吧？」

這裡的人們都以協會認定的代號來稱呼彼此。孔天強的代號就是「黑影」，這也是「黑色火焰的影魅」的由來。

雙手燃著黑色的淨妖火焰，殺妖不手軟的賞金獵人「黑影」，如同從地獄返回人間的鬼魅一樣令人恐懼。

「我要找會長。」孔天強沒有回答他的疑問，開門見山地說。

「找會長啊？很久沒有人要找會長了呢。」笑容先生笑得更加燦爛，同時一股強大的壓力向孔天強和璃襲來。「帶著一隻小妖怪來找會長，不像痛恨妖怪的你耶，黑影。」

孔天強繃緊神經，他不了解笑容先生的背景，無論家族或隸屬哪個部門都一無所知，從他第一天來的時候笑容先生就在了。

但孔天強非常清楚他的實力。

賞金獵人協會實力排行榜第三名，笑容先生，一個笑中帶刀、越笑越可怕的存在。

「汝啊，與其不小心說錯話，還不如把手中的東西給他看比較快。」看孔天強絞盡腦汁的樣子，璃給出建議。

璃憑著野獸的直覺認定眼前的男人是個實力強勁的殺手，他身上雖然沒有任何殺氣，他的笑容卻讓人覺得危險。

孔天強瞥了璃一眼，思考一會兒後乖乖地把手中的牛皮紙袋交給笑容先生，「我希望能她跟我一起去。」

「喔？」笑容先生看了看孔天強又看了看璃，真心覺得自己見證了歷史性的一刻。恨妖怪入骨的殺手黑影帶著一隻小妖怪，沒把她殺掉就算了，居然還聽她的建議行動，簡直就是奇蹟。

這讓痛恨看資料的笑容先生決定先看看孔天強遞過來的資料。

笑容先生一看資料，臉上的笑容就消失了。他意會到發生了什麼事情，也知道孔天強來這裡的原因。

「感覺會很糟糕呢。」笑容先生緩緩收好資料還給孔天強，臉上重新掛上笑容，「但是這種事情找會長也沒用，不會有人願意幫你的。」

面對如此直白的答案，孔天強的臉色有點難看。他早料到這樣的結果，但仍抱著一點希望才會來到這裡。從古至今，賞金獵人大多都是為了利益行動，像他這種出於憎恨的人少之又少，因正義感動手的更是一隻手數得出來。

「黑影，你明顯跑錯地方了喔，如果想報案請找機構，讓機構發出討伐委託就會有救兵了。」笑容先生並沒有因為孔天強的臉色而住嘴，「我們可是賞金獵人，不是什麼慈善團體。別把所有人都想成你，很多人是為了餬口才冒著生命危險去討伐妖怪，那些人不會把力氣浪費在沒有賞金的對象，我相信會長應該跟我有一樣的看法。」

孔天強無話可說，因為這些都是事實。

「黑影啊，或許你可以考慮轉職去機構喔。」

「我是被放逐的獵人。」孔天強說著，轉身走出大門。

被放逐的妖怪獵人，被妖怪獵人界視為有案底的「罪犯」，通常都是做了什麼不合規矩的事情才會被放逐，因此機構不可能接納。

「等一下啊，這麼急著走。」笑容先生喊住孔天強。「你下一步打算怎麼做？不會想一個人單槍匹馬去挑戰那些螞蟻吧？」

被徹底說中的孔天強僵了一下。

「真是年輕氣盛的傢伙。」看孔天強的反應，笑容先生就知道他猜對了。「你還是先回家睡一覺吧，大白天的就想找人幹架，是想讓機構名正言順地幹掉你嗎？晚上人比較少，螞蟻精的兵力也比較鬆懈，討伐起來會輕鬆一點。雖然我不會出手，但可以幫你把消息放給有正義感的傢伙，看他們願不願意幫你。」

——正義感，是嗎？

璃看著孔天強，火紅的雙眼微微一瞇。雖然不知道確切的理由，但她知道驅使孔天強不斷殺妖的才不是什麼正義感，笑容先生這番話聽起來異常諷刺。

「不過是你的話，直接去找某些人或許他們願意幫忙喔！」笑容先生露出不懷好意的笑容，「例如一直哈你哈得要死的黑寡婦，或者不斷打聽你消息的巫毒娃娃、毒蜘蛛，我相信只要你陪她們一個晚上，她們肯定會願意出手喔。」

孔天強打了個冷顫，真心覺得這是個非常爛的提議。

那些全部都是有病的女獵人，她們殺妖的手段讓人不敢恭維，和那些人打交道基本上是自尋死路。

舉例來說，黑寡婦，外表清純、楚楚可憐的大美女，專挑男性目標下手，把對方騙上床後，趁翻雲覆雨之際把對方剁成肉醬，有藥用價值的妖怪甚至還會被她削下某些器官泡酒喝，完全符合「黑寡婦」這個外號，是個變態到極致的妖怪獵人。

「開玩笑的，你真的跑去招惹她們就別想過正常日子了……」

「嘟嘟嘟！嘟嘟嘟！」櫃檯的電話突然響起，笑容先生接聽後，臉上立刻出現一抹令人發寒的笑容。

「黑影，有魚上鉤了喔。」笑容先生掛掉電話，重新回到孔天強面前，「有人死了，似乎是機構的新手妖怪獵人，剛剛機構打電話來發布緊急懸賞……」

孔天強瞪大雙眼，身上散發一股駭人的殺意，遠遠超過笑容先生剛剛的威壓。

孔天強比上次笑容先生見到他時更加強悍，甚至已經超過了笑容先生。

「看得出來你想接呢。」笑容先生拿起手機，透過通訊軟體把地點發送給孔天強。

「已經收到您承接委託的訊息，祝您有個愉快的獵殺。」

孔天強拿出手機確認地點，二話不說轉身跑出協會的大門，速度快到璃根本追不上。

「汝啊！」被丟在電梯前的璃氣得直跺腳。

「被丟下了呢，需要幫忙嗎，小妖怪？」笑容先生站到璃的身後。

璃轉身，眼神充滿警戒。

「別這麼緊張啊，小妖怪，我只是好奇那個痛恨妖怪的黑影為何會帶著妳四處走而已。他的模樣感覺不是蘿莉控，應該不是因為妳的姿色才帶著妳吧？」

即使是大白天，孔天強仍然不顧限速，用不要命的速度在車陣中瘋狂穿梭，中途還差點發生碰撞，但他都顧不了這些了。

——被殺了。

這是他心中唯一的想法。

他迅速抵達目的地，立刻感受到一股強烈的妖氣。

一下車，就看見兩個穿著黑色西裝的男人正在運送遺體，那是機構的專屬式神「特務」，孔天強看向他們走出來的方向。

是個妖怪空間。

孔天強察覺這一帶已經張起「驅人結界」，是一種能讓一般人自動迴避的特殊結界。很明顯除了戰死的獵人之外，現場還有其他人。想起笑容先生的話，孔天強很確定，此刻機構的人正躲在某處偷偷觀察孔天強的一舉一動。

「你為什麼不救他，你也是獵人吧！」孔天強放聲大吼。

那個躲在暗處的妖怪獵人肯定目擊了一切，才會在第一時間打電話給賞金獵人協會。

「還以為是誰，原來是你。」一道聲音傳來，但因為法術的加持，孔天強無法判斷聲音的來源，只知道那聲音非常熟悉。

「孔天虎！」

兩人不只認識，更有著血緣關係。孔天虎是孔家本家的孩子，孔天強則是分家的孩子，年齡上孔天虎比孔天強大、比孔天妙小，所以孔天強要叫他堂哥。

若是孔天虎，孔天強可以明白新手死掉的原因，因為孔天虎是個自私的人，沒有既得利益或實力相差無幾的對象他都不會出手。像這樣的妖怪獵人成為機構的專員簡直是國家不幸，但更不幸的，機構裡大部分都是孔天虎這樣的人。

「沒有什麼救不救的問題，那種新手獵人只會拖我後腿。這樣的弱者，待在機構裡也只是當米蟲而已，我可是在替國家省錢啊！」

孔天強咬著牙、握緊拳，若是孔天虎此刻出現在他面前，他肯定毫不猶豫地一拳揮過去。

「反正人都死了，說這麼多有什麼用。還有你可別奢望我會救你啊，你這個放逐者。我認為你還是死了最好，只要沒有你，姐姐就會回到孔家，讓『孔家三本柱』的名號再次發揚光大！」

「靠別人的死才能往上爬的吊車尾，閉嘴！」孔天強掏出一根菸粗暴地按著打火機，接著毫不畏懼地朝妖怪空間走去。

「你這傢伙！去死！最好死在裡面！」孔天虎的咒罵不斷傳來，跟在孔天強身後，一起傳進妖怪空間。「去死吧！」

但那已經影響不到孔天強，不管過了多久，孔天虎就只會這幾句。

踏進妖怪空間後，孔天強也理解孔天虎為何會一直躲在外面的原因。從妖氣的濃度來看，對方實力強悍，是個不容小覷的對象。

但詭異的事情來了，情報顯示對方是半妖，這種剛覺醒的半妖沒有理由會有這麼強大的妖氣。

或許，有什麼新的狀況。

這個妖怪空間是古早的三合院，四周被不見邊際的金黃稻穗包圍，讓眼前的三合院十分突兀。這種古老的場景通常來自於妖怪的記憶，孔天強推測這次的半妖混有物化妖的血統。

物化妖，指物品經過一定的年代，在吸收天地精氣後幻化而成的妖怪，這樣的妖怪在日本被稱為九十九神或是付喪神。

孔天強確信這裡不只有半妖，畢竟物化妖即使有千年修為都很難擁有這種等級的妖氣，更不用說參雜人類血統的半妖。

「呀啊啊啊——」孔天強經過圍牆，走到稻埕之際，一道淒厲的嘶吼傳來，在圍牆後埋伏的半妖揮舞著菜刀朝孔天強的背後刺去——

但孔天強早已發現他的存在。

一個披頭散髮的中年男人，身上穿著凌亂的西裝，看來只是運氣不好被挑上。從他手中揮著的菜刀來看，男人的妖怪血統應該是來自「菜刀妖鬼」。

即使知道菜刀妖鬼躲在那裡埋伏，但孔天強依然裝做毫不知情地向前走，他知道半妖是個幌子，他只有假裝被埋伏成功才能引出真正的凶手。

「為什麼要逼我！為什麼要逼我！為什麼要逼我！為什麼要逼我！為什麼要逼我！為什麼要逼我！為什麼要逼我！」

菜刀妖鬼揮著菜刀，大概是受了什麼刺激，孔天強叼著菸，游刃有餘地閃過攻擊。

「我沒錢了！老婆跑了！小孩離家了！都是你！都是你的錯！」

菜刀妖鬼明顯把孔天強誤認成仇人，在菜刀被閃開後，攻擊變得更快更密集。但對孔天強而言，多年修行讓他的動態視力非常優異，每一刀落下的軌跡都看得一清二楚，能輕巧地閃過每一記攻擊，菜刀妖鬼根本不成威脅。

孔天強真正在意的是幕後黑手，濃厚妖氣的來源。

看穿菜刀妖鬼的動作後，孔天強立刻找出破綻，雙拳燃起黑色火焰，迅速貫穿菜刀妖鬼的胸口。

「啊……」菜刀妖鬼停下動作，不可置信地低頭，斗大的淚珠啪噠啪噠地落在孔天強的手上。

孔天強一臉嫌惡地把手抽回，菜刀妖鬼像是斷線的木偶，撲通一聲跪坐在地面。

他緩緩抬起頭，用充滿憎恨的眼神盯著孔天強，「我……只……是……

想……回……去……」

話還沒說完，菜刀妖鬼就被淨妖火焰燒得一乾二淨。

孔天強扔掉菸頭，轉身面向三合院的大門，表情冷漠。對他來說菜刀妖鬼的遺言根本不重要，孔天強只知道菜刀妖鬼該死，因為他殺了人，這才是最重要的事情。

傷害人類的妖怪即為邪妖，殺了邪妖並不是錯事，無論他背後有怎樣的故事、有怎樣的目的，都跟孔天強無關，他不覺得自己有任何錯誤。

因為那些邪妖奪走了太多東西，孔天強的寶物、孔天妙的幸福。

「你在這裡，對吧？」

正常來說，妖怪的死亡會使妖怪空間崩潰，但此時妖怪空間卻沒有任何崩壞的跡象，代表構築這個空間的妖怪不是菜刀妖鬼，而是另有其人。

但沒有人回應孔天強的問題。

「是馬氏企業？白盤合庫？還是龍里人壽？」

「都查到這個地步了，奴家再躲也沒意義了呢。」磚瓦的屋頂上漸漸浮現一道模糊的黑影，沒有表明身分，很明顯對孔天強有所警惕。

「『黑色火焰的影魅』，怎麼突然就來了一個大人物。」

「受死吧。」孔天強說著，準備掏出符咒戰鬥——

然而他的動作瞬間僵住。

所有的符咒都在吃飯時被孔天妙給沒收了，但出門時太匆忙，根本沒注意這麼多。

「口氣很大但卻不敢出手？奴家在等你啊。」

孔天強咬牙，面對這麼強大的對手，如果不用符咒他沒有任何勝算。但孔天強也不打算就這麼撤退，讓自己狼狽地逃跑。

進退兩難。

「大名鼎鼎的『黑色火焰的影魅』居然是個膽小鬼，奴家真是笑了。看樣子只是個名聲響亮的小鬼而已，如果你不來，那奴家就……」

「狐狸精飛踢！」

黑影的話才說到一半，一道嬌小的身影從他的身後竄出，俐落地一腳踢在黑影的後腦勺上。黑影瞬間失去平衡，從屋頂上摔了下來。因為妖氣太過微弱，黑影才沒察覺到這次堪稱完美的偷襲。

是璃。

她站在屋頂上睨著孔天強，臉上掛著欠打又得意的笑容。

「汝居然敢丟咱一個人！若不是笑容先生幫咱改寫符咒，讓咱能在尾巴、耳朵收起來的狀態下使用妖力，咱可能還在那裡不知所措！這筆帳咱絕對要跟汝算清楚！」

孔天強看到掛在璃的平胸前、看起來頗可愛的愛心項鍊。那是笑容先生的傑作，所以璃才能追蹤氣味一路跟到這裡，賞屋頂上的黑影一記大快人心的飛踢。

「是妳……為什麼妳會在這裡！」那黑影認出璃，語氣藏不住地驚訝。

「汝，認識咱？」火紅的雙瞳盯著黑影，讓黑影忍不住恐懼地向後退了一步。璃小巧的鼻子抽動幾下，辨別出黑影的氣味，露出困惑的表情。「咱不記得認識蜘蛛精啊，汝是不是認錯人了？」

一聽見對方是蜘蛛精，孔天強知道了對方的來歷。

白盤合庫。

「嘖！這次就先放過你，黑色火焰的影魅！」黑影見自己的身分被識破，立刻就想逃走。他腳下出現妖術陣，身體漸漸下沉，沒入地面之中。

孔天強看著下沉的蜘蛛精，陷入沉思。對方明顯在懼怕著什麼。

這蜘蛛精不能留。

如果對方恐懼的來源是璃，代表璃可能會對他們造成威脅，如此璃就可以成為對付他們的王牌。從剛剛的情況來看，對方根本不知道璃已經解除封印的事情，若是放走蜘蛛精，讓他把消息傳出去，肯定會讓他們有所提防，甚至發動暗殺。

孔天強雙拳燃起火焰，用最快的速度衝向敵人，半個身體沉在地面的蜘蛛精無法行動，只能吐出蜘蛛絲試圖困住孔天強。孔天強靈巧地閃過，即使沒有符咒輔助，他的動作依然十分敏捷，只差幾步拳頭就可以揮到黑影的臉上——

「不要、不要啊啊啊——開——玩——笑——的——」蜘蛛精挑釁地說著，大量的白絲從孔天強腳邊竄出，他立刻向後退避，側身閃過蜘蛛絲。「真可惜，沒纏到，那就下次見囉？」

蜘蛛精沒入妖術陣中，妖怪空間也隨之崩解。

「嘖。」孔天強忍咋舌，沒想到會被對方耍著玩。

「汝啊，那傢伙究竟是誰？」

「我才想問妳。」隨著巷子回復原本的樣貌，孔天強轉身往馬路的方向走。

孔天強感覺到驅人結界已被解除，孔天虎大概已經離開。他有點想看看，在知道自己平安無事時，孔天虎那懊悔的表情。

「咱就是不知道才問汝。」璃跟在孔天強屁股後面，接著問：「汝接下來打算怎麼做？能先回去嗎？咱不想錯過晚餐時間。」

面對這少根筋的發言，孔天強沒多做回應地繼續往前走。

若是孔天強能看璃一眼，就會發現璃是故意轉移話題。那張童稚的臉上一派嚴肅，正認真地思考著什麼。

孔天強盤算著接下來的行動，開始思考晚上的計畫。

璃則是認真地思考著那隻蜘蛛精究竟是怎麼回事，但想起方才經過一家店時，空氣中瀰漫的香甜氣味，讓她小小的肚子躁動起來。若是直接向孔天強開口，肯定什麼都討不到，因此她決定用點小手段——

「對了，咱剛剛可是救了汝一命。這樣子咱和汝就不相欠了吧？」

璃的話打斷孔天強的思考，他冷冷地看向璃，拒絕承認自己被妖怪救了的事實。

「我自己可以處理。」

「汝的嘴真硬，明明就沒辦法還不承認。汝別用那殺氣騰騰的眼神看著咱，事實就是事實，汝要是不承認的話那咱也沒輒，頂多下次換個方式讓汝承認而已。」

這句話讓孔天強不由地開始認真思考現在承認會不會比較好。

「不過不可否認，咱剛剛可是幫了汝的忙，這是鐵錚錚的事實，汝可別想賴掉。」

聽到這句話，孔天強後悔剛剛沒有及時承認，很明顯璃正偷偷策劃什麼。

「咱剛剛來的時候經過一家寫著洋文字的店，裡頭傳來好甜的味道。」璃火紅的雙眼閃爍著光芒來，「咱想進去看看。」

「不順路。」孔天強來到機車旁，抬腳跨上去，但動作到一半立刻發現不對勁——剛剛情況緊急而沒有拔的車鑰匙不見了。

璃一臉狡猾地舉起手上的鑰匙。

「……交出來。」

「咱想吃那甜甜的東西，那是咱應得的獎勵。」

「不准。」

「那咱就把這東西扔了，回去還要告訴妙妙汝欺負咱，相信這次妙妙肯定會幫咱。」

「妳！」孔天強的臉色更沉了，凶惡的俊臉讓路過的人忍不住退了好幾步。

「咱要吃東西。」璃再次強調，若她的尾巴能露出來，肯定不斷啪嗍啪嗍地晃著。

「嘖。」孔天強站到璃面前，用凶惡的眼神睨著她，「那家店在哪裡。」

璃燦爛一笑，快步往那家店走去，孔天強跟在後面。來到一間美式甜甜圈店門前，璃再次聞到那甜滋滋的香氣，口水都快流下來了。

看著璃的表情，孔天強覺得自己就像帶孩子逛街一般，若她身上沒有散發妖氣，他肯定不會把臉繃得這麼緊。

「歡迎光……唔！」店員被孔天強那張殺氣騰騰的臉嚇得倒退了好幾步。

「呃，請、請問需要什麼……」

「妳要什麼？」孔天強斜眼看向把小臉貼在玻璃櫥窗上的璃。

「咱、咱、咱可以每個都要嗎？還有記得幫妙妙也帶一份！」璃對這香甜的氣味完全沒有抵抗力，每一個甜甜圈都讓她的雙眼閃閃發亮。

「……每個口味各兩份，帶走。」

「知、知道了……」店員快哭出來了，發著抖開始打包甜甜圈，想快點把這對客人送走。

拿到甜甜圈後，璃滿意地燦笑，乖乖地把鑰匙還給孔天強，一蹦一跳地往機車的方向走去。看著那嬌小的背影，孔天強突然想到，若小姪女平安誕生，現在大概也這麼大了，而且繼承優良的基因，肯定漂亮得像個洋娃娃。

孔天強的心中一陣苦澀。

FOX SPIRIT

>>> Chapter.6_ 被保護的他以及被保護的她

看著璃莫名的舉動，孔天強無言。

璃正在脫衣服，脫完後還小心翼翼地把衣服摺好，放到機車座墊上，接著拿下笑容先生給的項鍊，可愛的耳朵和堅挺的尾巴立刻彈了出來。

「果然咱還是在這種狀況下最舒服！」璃愉悅地甩了甩尾巴，像被禁錮許久一樣伸個大懶腰。開心地活動一陣子後，璃看向孔天強。「汝啊，還不快點把東西收起來？你這表情像是在問咱為何要脫衣服？首先咱是野獸不需要穿衣著裝，再者，這不是有妙妙重要回憶的東西嗎？咱可不想弄破弄髒。」

狐狸精的貼心讓孔天強一時間不知該如何反應，他默默把洋裝放進車廂，一言不發。面對什麼表示都沒有的孔天強，璃也已經習慣了。

「汝啊，趁現在是子夜快出發吧。咱想快點解決這些事情然後回去吃妙妙那個名叫『消夜』的東西。」一想到孔天妙的好手藝，璃就愉悅地甩起尾巴。

不知不覺間她已被孔天妙的飯菜給馴服。

半夜十二點整，孔天強和璃開始行動。兩人來到昨晚璃被襲擊的巷子裡，眼前正是馬氏企業的大樓。

夜襲。

藉著夜色的掩護，孔天強和璃成功溜到馬氏企業大樓的後門，按照李星羅提供的電子鎖密碼順利地開了門。雖然很諷刺，但此時李星羅的確是他們最可靠的伙伴。

為了暗殺蟻后馬穎真和奪回璃的妖力，他們沒有選擇從大門突入，而是做出像小偷一樣的行徑，避開不必要的戰鬥，以免引起騷動。

但這不是孔天強最初的計畫。

他本來打算直接殺進去，一路衝到蟻后的辦公室，正面突擊。計畫卻被孔天妙和璃聯手反駁，讓他不得不放棄強行突破的計畫，改用小偷策略。

當然，最大的原因是屈服於孔天妙的淫威。

璃的建議配合她的敏銳，加上李星羅的資料，讓他們成功潛入馬氏企業。璃徹底感受到同伴和情報的重要性，這次遠比上次入侵時還要輕鬆很多。他們沿著密道前進，一路抵達大樓最深處。

「果然來了呢，我成為蟻王的機會。」擋住兩人去路的雄蟻看著他們咧嘴笑著，露出一副勝券在握的表情。

孔天強握緊雙拳，黑色的火焰立刻燃起。

「汝啊，可別衝動。」璃輕輕扯了一下他的褲管，低聲說：「咱知道汝非常痛恨妖怪，但現在不是下手的時機，咱覺得有詐……而且咱們是來偷東西，不是來大開殺戒的。」

「妳不懂我發動攻擊的目的。」孔天強無視璃努力壓低的音量和她的意見，說道：「人類跟妖怪，果然不同。」

「人類與妖怪本來就有不同之處，但無論汝等或是咱們，都是生命。」璃對孔天強的語氣充滿不屑。「咱不知道汝過去經歷了什麼，無法隨意批評，咱也不知道汝的目的，但汝現在根本是在送死。」

「解決一切，不再讓半妖失控。」

璃徹底無言，孔天強未免太過直接。

「呵呵，憑你們？」雄蟻不屑地看著眼前的一人一狐，「你們究竟把我當成什麼啊？可別……」

「就和拍死一隻普通的螞蟻一樣。」一眨眼，孔天強就衝到雄蟻面前，狠狠地一拳打在他臉上，雄蟻來不及反應，腦袋就和身體分了家。

雄蟻的腦袋燃著黑火砸向身後的工蟻，頃刻間整條走廊化成一片黑色的火海，大部分的螞蟻精都被燃成灰燼——

除了兵蟻。

看著眼前的兵蟻，孔天強知道是李星羅幹的好事。

和之前不同，這次兵蟻手持長槍，身穿詭異的白色軟甲，那軟甲上傳來一股類似妖氣的異常氣息，能擋下孔天強的淨妖火焰，沒傷到兵蟻一分一毫。

孔天強身後的電梯突然滑開，六隻同樣身穿白色軟甲的兵蟻走了出來，將一人一狐團團包圍。

孔天強意識到自己在不知不覺間又被李星羅坑了。

出售能夠抵禦淨妖之火的裝備，且提出防守和攻擊孔天強的建議。

和關刀相比，長槍的攻擊範圍長且輕巧，主打連擊的速度，和孔家拳術流非常相似。若只有一隻握有長槍的兵蟻，孔天強根本不看在眼裡，但一口氣來八隻，就難以應付了。

再來，對手的數量也是個問題。

孔家拳術流是以八卦為基準，拿「離卦．六十四拳」為例，六十四拳只能平均打在對手身上，眼前八隻兵蟻，一人頂多挨八拳，恰巧是不會致死的程度。若要致人於死，至少需要九拳才能破壞重要的穴脈。且若八隻兵蟻剛好站在八個方位上，孔天強肯定來不及出手就會被困住。

「汝看，咱不是跟汝說了嗎！」璃踢了孔天強的小腿好幾腳，「若汝出了什麼事情，咱要怎樣跟妙妙交代啊，汝這個大蠢材！」

「少囉嗦！」孔天強豎著眉，擺出架式，不用璃說他也知道現在情況非常不妙，但他已經沒有回頭路。

特別是在妖怪面前，他更不可能逃走。

他不想輸給他最痛恨的妖怪。

就在孔天強打算先下手做掉那兩隻失去領隊的兵蟻之際，赫然發現她們不像昨天那樣因雄蟻死亡而不知所措，她們迅速擺出陣式，和新來的兵蟻形成包圍。她們能這麼快收到新命令，孔天強猜到，在走廊盡頭那扇門後的肯定是蟻后。

據情報顯示，蟻后馬穎真的住處就是辦公室。

如此看來，璃還真是個幸運的傢伙，若昨天被她成功進入馬穎真的辦公室，她恐怕不會有出現在這裡的機會。

就算八卦拳術被封死，不代表孔天強沒有其他手段。而且就算對方有護甲，只要擊中沒有護甲的地方，淨妖火焰依然會造成傷害。

勝算並不是零。

孔天強一個箭步衝出去，兵蟻同時將八支長槍對準孔天強的胸口一刺。他立刻燃起符咒，速度瞬間被強化，身形靈巧地避開攻擊，長槍的槍頭彼此碰撞、激出火花。

孔天強衝到一隻兵蟻面前，帶勁的一掌拍向她的下巴，用最快的速度打出半套八極拳。兵蟻口吐綠色鮮血，外骨骼構成的肌膚瞬間凹陷，整個人向後飛了十幾公尺，撞上走廊盡頭的門。

「呼、呼……」孔天強的攻擊雖然非常成功，但因為護甲的緣故，必須依靠著勁力和強化肉體的攻擊，使體力消耗得特別快速。

汗水滑過額頭，他雙眼一片通紅、布滿血絲，身上散發的駭人的氣勢令兵蟻們不敢輕舉妄動。雖然漂亮地解決了一隻兵蟻，但他覺得遠遠不夠。

——如果是姐姐的話！

「孔天強，汝別逞強了，快回來！」察覺到孔天強紊亂的氣息，璃放聲叫道，她尾巴豎起、耳朵挺直，又大又圓的雙眼充滿擔心。

「才一隻就讓汝陷入這種狀態，那解決八隻，汝豈不就死定了？」

這種事情不用璃囉嗦孔天強也知道。

但他不願撤退。

若孔天強放棄，等同給螞蟻精一條活路，屆時他們有可能轉移璃的妖力甚至改變計畫內容，可能造成更多人受到傷害。一想到那些人可能會經歷他所品嘗過的痛楚，他就異常憤怒。他想起了那一天的恐懼、那一天的血腥味、那一天被奪走的事物，關於那一天的一切——

全部都是妖怪害的。

孔天強感覺自己的世界逐漸染黑，這片黑色讓他獲得一股源源不絕、無比舒服的力量，憤怒帶來的黑暗填滿他心中的每一個角落。

「汝怎麼會……」看著孔天強身上那股薄薄的黑色氣息，璃的臉上滿是驚訝，「為何汝的身上會出現妖氣！」

「呀啊啊——」孔天強一拳揮在旁邊的兵蟻身上，強勁的力道讓兵蟻的背瞬間弓起，衝擊波穿透身體打在牆上，揚起些許粉塵。緊接著又是一拳，體重至少九十公斤的兵蟻橫飛了出去，撞倒其他兵蟻，瞬間打亂她們的陣形。

孔天強也被這純粹的暴力反噬。

雖然妖氣增強了孔天強的力量，他的身體卻無法承受。這明顯是把雙面刃，剛剛那兩拳讓孔天強的筋骨也受到了傷害。

孔天強右臂的皮膚綻開、血管爆裂，鮮血噴湧而出，黑色緊身衣瞬間一片濕潤。但他彷彿毫無知覺，又撲上去一拳打爆倒地兵蟻的腦袋。

還有六隻。

同伴瞬間被殺掉兩個，兵蟻卻沒有因恐懼而僵住，反而迅速重整陣形。不過趁著她們的腳步還沒站穩，孔天強兩記快速的刺拳讓兩隻兵蟻的腦袋像西瓜一樣爆開。

剩下四隻。

因為妖力的緣故，孔天強從劣勢變成單方面的屠殺。

「汝為了殺妖，連命都不要了嗎！」璃聞到血腥味，開口阻止孔天強的愚行，「汝已經流了這麼多血，為何還不收手！」

「別囉嗦、別囉嗦、別囉嗦——」孔天強咆哮著往其中一隻兵蟻的懷裡暴衝，同時燃起符咒，他的力量受到妖力和符咒的雙重強化，手刀穿透對方的護甲和外骨骼，直接刺進兵蟻的體內。「呀啊啊啊——去死！去死啊啊——！」

痛恨無能為力的自己。

孔天強無比地痛恨自己，若自己那時再強一點，就不會害孔天妙失去幸福，他也不用這樣藉著妖力，變成自己最痛恨的妖怪才能打倒所有敵人。

所以孔天強最討厭自己。

此刻孔天強已經聽不見任何聲音，也感覺不到任何疼痛，他泛紅的雙眼專注在眼前的獵物。

「這是……汝啊！」看著孔天強的尾椎出現一條由妖力構成的尾巴，璃雖然不明白究竟是怎麼回事，但孔天強已經徹底失控。她很想揍醒孔天強，但若貿然上前，死的就有可能是自己，只能在一旁不斷地想著怎樣才能刺激他回到人類的狀態。

孔天強聽不見。

出招亂、呼吸亂，單純依靠力量來壓制兵蟻，毫無技巧。這種打法即使能殲滅兵蟻也沒有多餘的力氣去應付蟻后——

除非完全變成妖怪。

即使孔天強的世界被染成一片漆黑，他還是本能地排斥變成妖怪。

一隻、兩隻、三隻，原本能克制火焰的軟甲，在孔天強面前就像紙一般地脆弱。

殺掉最後一隻兵蟻後，孔天強對著天花板咆哮，像宣示自己的勝利一樣，但下一秒，他的雙腿失去力量，撲通一聲跪倒在地，他感覺肺部正被大力擠壓，一時無法呼吸，臉色一片慘白。

「嘔……」孔天強吐出一口鮮血，亂來的下場就是讓自己的臟器和經脈全部受損。

「汝沒事吧！」璃想上前查看孔天強的情況，好好訓斥他一頓。

「咻！」劃破空氣的聲音突然傳來，璃立刻用最快的速度衝出去——

孔天強回頭，瞪大雙眼。

最開始被擊飛的兵蟻沒有徹底斷氣，只是詐死等待時機，此刻兵蟻用盡最後的力量擲出手中的長槍。

長槍貫穿璃的嬌小身軀，從白皙的肚子貫穿到後背，鮮血順著槍頭流出，染紅她最寶貝的尾巴、滴落到地面。

滴。

滴。

滴。

看著地面的血跡，聽著鮮血滴落的聲音，孔天強的瞳孔驟然緊縮。

滴。

滴。

滴。

璃擋在他身前的嬌小背影瞬間和孔天妙守護他的身影重疊。

孔天強陷入當年的夢魘。

一切就像五年前。

「為、為什麼……」孔天強發現自己的聲音正在顫抖，但璃是妖怪，一隻妖怪的死應該讓他感到開心才對。

看著那似曾相似的背影、回想起這半天相處的種種，他發現自己做不到。

孔天強忍不住地想，就是這樣懦弱才會導致他無法變得更強。

但他怎樣也無法拋棄這該死的懦弱。

即使變成妖怪，他的內心依然是個人類。

「為什麼妳要……」

「汝不是一直計較咱欠汝一條命的事情嗎……這樣咱就什麼都不欠汝了，對吧……」因為失血過多，璃的臉色一片慘白，她緩緩摸向自己的肚子，看著沾滿鮮血的小手，她知道自己肯定沒救了，即使如此，她的臉上依然沒有任何一絲恐懼，掛起一如往常的調皮笑容。「而且咱也完成了咱和妙妙的約定……要協助汝……現在，是汝欠咱了……」

璃說完便渾身無力地向一旁倒下，她喘息著，吃力地想獲得更多空氣，但不斷溢出的鮮血讓她的呼吸越來越困難。若是妖力全滿的狀態，不——別說全滿，即使只取回一顆妖力珠，這種小傷根本不在話下，但現實是如此殘酷，璃感到一股前所未有的冰冷，手腳迅速失去知覺。

或許天命如此，老天爺讓咱解除封印，就是為了替孔天強擋下這一槍。

想著想著，璃笑了。這樣的死法總比因莫須有的罪名被封印至死來得更有意義。

璃不怨也不恨，就像兩百多年前一樣，順應天命、接受天命罷了。

她很慶幸在這短暫的自由中能夠碰上孔天強和孔天妙，雖然時間不長，但這是她最開心的一段時光。

孔天強的火焰熄了，他捧起近乎失溫的嬌小身軀，淚水像斷線珍珠般不斷落下，啪噠啪噠滴在璃的臉上。孔天強顫抖的雙手和眼裡的自責與恐懼璃感受得一清二楚。

「何必……為咱哭泣呢？」

「我不知道……」

「汝啊……不是恨咱嗎……」

「我不知道……」

「汝啊……咱的血也是紅的呢……」

「別再說了……」

「咱……跟汝是一樣的……」

「與其說這個，不如快點告訴我怎樣才能救妳！」

「取回妖力……但汝……快撤退吧……咱救汝可不是……讓汝去送死的……」

「我會救妳的，所以別再說話了！」

「告訴妙妙……飯菜……」璃還想說些什麼，但很快就失去意識，小手無力下垂，心跳越來越微弱。

孔天強看著璃瞪大雙眼。

撲通——

撲通撲通——

撲通撲通撲通——

孔天強覺得時間徹底停止,他看著懷中的璃,看著手中的鮮血,五年前的記憶一幕一幕出現在眼前,他懷彷彿又看見因大量出血而漸漸失溫的孔天妙。

——又跟那個時候一樣嗎?

——不行,不可以!

——我不能讓她跟姐姐一樣!我不想再有人因為保護我而受傷!

「啊啊啊啊啊———」孔天強放聲咆哮,大量的妖氣被釋放出來迅速集中在孔天強身上。

跟五年前一樣。

除了妖化，他沒有其他手段能夠打贏蟻后。

——一定要救她！

孔天強的頭髮瞬間長到腰際、變得雪白，他的雙眼漆黑，瞳孔一片血紅，犬齒漸漸變長，手臂和腿部肌肉鼓脹、布滿青筋。妖氣在他身上形成一股薄薄的保護層，並在尾椎和背部處凝聚成三條尾巴和一對翅膀。

孔天強雖然還保有人類的外型，但身上卻感受不到一點人氣，徹底變成一隻散發強大氣息的妖怪。

他不知道現在這狀態和他的仇人異常相似。

他看起來就像麒麟一樣。

破壞一切的衝動隨之而來，憤怒和悲傷充斥內心，他只惦記著一件事情——

搶回妖力珠。

即使毀掉世界也在所不惜。

抱著璃，孔天強緩緩站起身，一聲咆哮，整個人以可怕的速度往前衝出，瞬間撞破那扇經過特殊咒文強化的門。原先以為能高枕無憂等待援軍到來的蟻后從椅子上跳了下來，看著孔天強，滿臉驚訝。

「吼啊啊——」孔天強對蟻后咆哮。

「那個黑心商人，居然賣我瑕疵品。」一個外貌約四十歲、綁著馬尾且一臉精明的女人邊嘆氣邊自言自語，完全不把孔天強放在眼裡。

雖然馬穎真只會偏向防禦的簡單妖術，但憑著修練到極限的外骨骼以及螞蟻精天生的怪力，讓她成為一個體術高手，也難怪她不把孔天強放在眼裡。馬穎真至今已經殺了數百名妖怪獵人，但因為她獨特的蟻酸能融解屍體並吃下肚，所以機構一直沒有明確的證據可以通緝她。

李星羅賣給馬穎真的防禦符咒實際上沒有任何問題，至少能擋住一條龍的衝擊，可惜馬穎真不清楚這一點，因此徹底低估孔天強的實力。

孔天強輕輕地放下璃，這是他生平第一次對妖怪這麼溫柔。孔天強瞪向馬穎真，他知道自己不能拖太久，璃的心跳已經停止，再拖下去就徹底沒了希望。

孔天強無視朝他走來的馬穎真，雙眼不斷掃視房間，尋找到金庫的入口。

「吼啊啊———」孔天強看見情報上的偽裝書架，立刻全力衝刺，打算直接衝進去拿走妖力珠。但一道岩牆突然擋住他的去路，那岩牆少說有十五公分厚，卻被孔天強像撞破保麗龍板一樣直接破牆而過，金庫的鎢鋼門也承受不住孔天強這強力的一撞，向內凹陷。

「……原來那個黑心商人沒有賣瑕疵品給我……你這個怪物！」看到岩牆和

鎢鋼門被輕易破壞，馬穎真覺得孔天強的怪力實在太超乎常理。由花崗岩構成的岩牆和妖術加持的鎢鋼門，對孔天強而言完全沒有任何作用。

但他終究是人類之軀。

雖然妖化讓孔天強的身體也得到強化，但人類的基因讓他的細胞再生能力不可能像妖怪那麼強大。連續的衝擊雖然成功地嚇阻馬穎真，但他的身體同時受到嚴重的傷害。孔天強的四肢不斷滲血，滿嘴鐵鏽味，再這樣下去，結束之後他肯定會一命嗚呼。

可是妖化後的孔天強根本不在意這些，他連孔天妙的存在也忘了，徹底淪為被執著、欲望以及憤怒驅使的妖怪。

只要能救璃一命，即使會死也在所不惜。

「吼啊啊啊！」金庫門一破，璃的妖力從裡面湧出，他正要伸手去拿——

「你想拿我珍貴的道具來救這小賤種是吧？」馬穎真察覺孔天強的意圖走到璃的身邊，一腳踩在那可愛的小臉上，露出猙獰卑鄙的笑容，「不准再往前一步，要不然這個小賤種的命就不保了。」

馬穎真命令著，她確信只要抓住璃，孔天強就會唯命是從。

「聽懂我的話就快出來，別浪費時間！」

「吼嚕嚕嚕嚕……」孔天強瞪著眼，發出威嚇的聲音。

馬穎真知道孔天強在警告她不許亂來，但卻一臉不以為意地哼了幾口氣。

只要孔天強一離開金庫，她就會瞬間把金庫的門封閉，踩爛璃的小腦袋，再開始料理孔天強。像孔天強這種等級的賞金獵人馬穎真根本不放在眼裡，身為麒麟會幹部的她，完全不覺得自己會輸給被放逐的妖怪獵人。

「連話都說不出來了嗎？真是可悲，黑色火焰的影魅，最痛恨妖怪的賞金獵人此刻卻……」

「轟！」馬穎真話還沒說完，孔天強的拳頭就已經揍到她臉上，將她整個人打飛、鑲在水泥牆上，這記又猛又快的拳頭讓馬穎真反應不過來，一口噴出綠色的血液。

「吼喔喔喔喔——」孔天強咆哮，妖力在尾巴末端形成黑色的球體，朝馬穎真射出，被鑲在牆上無法動彈的馬穎真只能眼睜睜看著妖力砲打在自己身上。

馬穎真發現自己錯了，眼前的對手早已不是「黑色火焰的影魅」，而是更加強大的怪物，如同「那位大人」的存在。

如果早一點發現這點，馬穎真肯定會直接逃走。

但此刻後悔已經來不及，孔天強的妖力砲摧毀馬穎真的雙手和左腿，她自豪的怪力也派不上用場，殺了數百名獵人的甲級妖怪，此時竟與廢人無異。

許久沒有嘗過此等壓倒性的力量，孔天強讓馬穎真回憶起恐懼的滋味。不過數秒的時間，百年的修為全都化成泡影。她突然回憶起麒麟拔擢她成為幹部的那分喜悅，她不斷努力地向上爬，解決任何會成為麒麟阻礙的傢伙，不知不覺建立起這家公司，成為令人害怕的甲級妖怪。

但這一切，如同黃粱一夢。

「吼嚕嚕嚕……」孔天強口中冒出黑色火光，這一幕讓他更加神似麒麟，這招是麒麟的「瑞麟之炎」，唯一不同的是，麒麟的火焰是黃色而非黑色。

黑色的火焰讓人感受到不祥。

「呀啊啊——」馬穎真垂死掙扎，發動妖術聳立數十道岩牆，企圖擋下孔天強的攻擊。但孔天強只揮了一拳，岩牆瞬間被全部摧毀。

「騙、騙人的吧……最、最少要把這個怪物的情報……」

馬穎真想發出螞蟻專屬的訊號給外面的手下，讓他們將孔天強的消息傳遞給其他同伴，但訊息還沒發出，黑色的瑞麟之炎就從孔天強口中噴湧而出。

馬穎真瞬間被炙熱的黑暗吞噬。

無盡的、足以吞噬一切的黑，像在訴說孔天強的憤怒一般。

所謂的「妖力」和「法力」其實是同源異質的東西，它們都源自於「靈力」。凡具有靈性者，自然擁有靈力，只是在人類身上被稱作「法力」，在妖怪身上被稱作「妖力」。

妖力砲和瑞麟之炎將孔天強的妖力消耗殆盡，讓他解除妖化、重新變回人類。

「噗——」大量鮮血從孔天強的口中噴出，黑色的衣著也不斷滲出血液，右手手骨折斷成數截，劇烈的疼痛侵蝕著孔天強的意識，嚴重的反噬讓他的心跳越來越慢。

孔天強知道自己快死了，但他還是憑著意志力往金庫走去。

即使雙腿虛脫無力，他仍撐著沉重的身軀，視線模糊地前進，緊盯著散發著妖氣的金色珠子。

他知道已經拖太久了，不斷催促自己快一點，身體卻無論如何都不聽使喚。

——救那隻狐狸精啊！

「呃啊啊啊——」孔天強終於走到妖力珠面前，才剛伸出左手，突然氣力全無，妖力珠從手中滾落，他的身體再也支撐不住，向後傾倒、無法動彈。

到此為止了。

淚水從他的眼角溢流而出，無比懊悔的他眼前漸漸發白。

滿腹遺憾，終是無法紓解。

黑暗中，孔天強一個人走著，像在尋找什麼似的，但究竟在找什麼他也不清楚。他不安地想掏出香菸，卻始終找不到，或許是掉在哪個地方了。

孔天強不知道自己走了多久，卻不覺得疲倦，雖然不知道在找什麼，但肯定是非常重要的東西。

突然，他的臉頰像是要燒起來一樣，隨之而來的，是一股讓孔天強非常難受的狐騷味，讓他因此停下腳步。

下次……一定要找到我……

一個聲音在黑暗中迴盪，但孔天強只顧著抹臉沒有多加注意，他睜開眼，想驅逐那煩人的感覺——

眼前不再是一片漆黑，而是從沒見過的米黃色天花板，他眼角的餘光瞥見一條金黃色、毛茸茸的東西。雖然雙手仍沉重無比，但孔天強發現自己的右手已經被接了回去，他緩緩舉起右手，挪開靠在臉頰邊那條熱呼呼又帶著臭味的東西，孔天強定眼一看，是一條狐狸尾巴。

孔天強第一時間想到那隻小狐狸精，此刻若不是兩人一起到了陰曹地府，那就只有另一種可能。

孔天強感受著自己沉穩的心跳。

……沒死？

孔天強不明白在那種情況下為何還能活下來，也不知道究竟是誰救了他們。還來不及想清楚，尾巴的主人就因為感受到晃動而驚醒，她立刻把尾巴抽走，轉過身來，兩人見到彼此的瞬間同時瞪大眼睛。

眼前並不是原來那隻小狐狸精，而是個和璃十分相似的女人，但年齡看起來和孔天強差不多。

「汝、汝醒了！汝終於醒了！」尾巴的主人叫了出來，興奮地甩起尾巴，一把抱住孔天強，讓孔天強十分難受。

孔天強再次確定自己活著的事實，也知道自己和這隻狐狸精的孽緣依然會繼續下去。

「這到底是怎麼回事？妳又是怎麼回事……」孔天強問著因開心而把臉貼近的璃，那不斷甩動的尾巴傳達著主人的好心情。即使如此，面對妖怪，孔天強持續數年的習慣依然改不了，他立刻繃起撲克臉。

不過說實話，他心底也因為璃沒死而感到開心，只是他不願意說出來並刻意忽略，因為他沒有忘記璃的真正身分是妖怪。

「汝啊，為何一見到咱就要擺出這種臉？」看到孔天強的臉色，璃不悅地坐起身來，因為原本是趴在孔天強身上的關係，現在變成跨坐在他的腰上，那對火紅的雙眼第一次居高臨下地睨著孔天強。

「咱可是真心為汝感到開心，但汝的反應真是讓咱痛心。」

「……抱歉。」孔天強愣了幾秒後說出這兩個字，璃那對長長的狐狸耳朵不由自主地抽了幾下。

孔天強以前絕對不可能對妖怪說這兩個字。

但就算知道這結果已經得來不易，璃還是決定要敲詐一下。

「汝啊，以為抱歉就可以撫平咱受傷的心嗎？咱要求償，只要汝給咱買十個密、密史特豆、豆拿滋的甜甜圈給咱，咱就原諒汝。」璃興奮地甩動尾巴。

甜甜圈的味道，璃吃過一次後就念念不忘，徹底被甜甜圈這種層次豐富的甜食擄獲，甚至在吃完後還想央求孔天強再去買，不過被孔天妙以晚餐為由阻止。

看著不斷甩動的尾巴和露出尖銳犬齒的笑容，孔天強知道眼前這不知死活的狐狸精肯定在敲詐自己。

「……我知道了。」

「汝是不是傷到腦子了？」孔天強這麼乾脆，反而讓璃愣住了，「汝真的怪怪的。」

「不要就算了。」

「咱、咱鬧著玩的！咱要！」璃緊張起來，對孔天強擠出笑容，「既、既然都有甜甜圈了，那咱就原諒汝！感謝咱的肚量！」

「咿呀——」就在璃宣布自己的大人大量時，房門被打開，門外站著一個有點眼熟、約二十歲的男人，以及矮男人一個頭、看起來十三、四歲的少女。那股駭人的妖氣，讓孔天強察覺到少女是個妖怪。

「林家昂！」孔天強想起男人那張臉，被公布在賞金獵人協會那個特殊公布欄、懸賞金一百萬美金的半吸血鬼——林家昂。

看見孔天強和璃兩人的姿勢，林家昂和少女立刻僵住。

「呃，不好意思打擾了……」林家昂的嘴角微微抽動，臉頰一片通紅。

「下次做這種事情可以鎖門嗎？」少女不屑地哼口氣，推了林家昂一把並把門大力地甩上。

孔天強和璃一臉茫然，完全不懂少女到底在說什麼，也不知道林家昂臉紅的原因。但兩人眼神對上後，孔天強立刻意識到問題出在哪裡。

這誤會太大了。

習慣真是可怕的事情，因為孔天強習慣璃的裸體加上她是妖怪，所以平時她就算一絲不掛、任何形態孔天強都覺得無所謂，更不會起邪念或色心，但別人卻不這麼想。

成年的璃，身材凹凸有致，原本平坦的胸部一整個發育過剩，充滿魅力的曲線，走在街上肯定會成為眾人注目的焦點。下半身更不用說了，臀部和大腿內側富有彈性的觸感讓孔天強微微僵住，看都不敢往下看。撇開尾巴、耳朵和異常的瞳色，璃就是個絕世美女，加上水汪汪的大眼睛更是俘虜男人的心。

不在意沒事，一在意就不得了。

璃充滿女性魅力的身軀讓孔天強的呼吸變得沉重，加上璃此刻坐的位置非常不妙，雖然他一點邪念都沒有，但旁人看了肯定會誤會。

「喂、回、回來啊——」孔天強為了避免誤會擴大，用最大的音量對著門外大喊。

好久沒這樣緊張地吶喊，讓孔天強的嗓子有點難受。

「咿呀——」門立刻打開一道隙縫，兩對眼睛出現在隙縫中，孔天強懷疑自己是不是被耍了。

「你、你們結束了嗎……」林家昂嚥口口水，小心翼翼地問。

「我們沒做什麼。」孔天強繃緊臉皮，企圖掩飾方才的慌亂，動手把璃推到一旁去。

「汝為什麼把咱推開啊？」璃對孔天強突然把自己推開的舉動大感不滿，鼓起臉頰，用尾巴甩向孔天強的後腦勺，冷哼一聲，「也不想想這兩天是咱一直守在汝的身邊，汝居然這麼忘恩負義，直接把咱推走。」

「我才想知道妳為什麼要貼在我身上。」孔天強反問，但仔細回想，孔天強的確是因為那股微妙的狐騷味和炙熱的體溫才會醒來。

「咱的同伴受傷時咱都會貼在他們身上避免失溫，而且咱也可以順便確認伙伴的呼吸和脈搏，視情況協助他們。」

「我不是野獸。」

「但咱認為汝是咱的同伴，所以咱才用對同伴的方式對待汝，豈有任何奇怪的地方？」這理直氣壯的回應讓孔天強徹底無言。

「汝才應該好好感謝咱才對，咱對汝這麼用心，汝應該多買十個甜甜圈給咱，以示謝意。」

「咳嗯，麻煩兩位注意到我們的存在好嗎？」如鈴鐺般的聲音傳來，孔天強轉頭一看，在他和璃爭論的時候林家昂及渾身妖氣的少女已經站到床邊。少女不滿地看著兩人，孔天強注意到那像詛咒一樣的血紅色雙瞳和異常尖銳的犬齒——是吸血鬼。

面對這種大妖怪，孔天強反射性地從床上跳起來，護在璃的面前擺出戰鬥姿勢。就在他打算燃起火焰之際，腦袋卻像被鐵鎚敲到一樣，強烈的痛楚讓孔天強跪了下來。

「活該，一看到妖怪就企圖攻擊，痛死你算了。」看著孔天強的慘狀，吸血鬼少女冷哼一聲，仰起下巴睨著他。「就你這種程度的垃圾獵人也想殺我？還早一百年啦，真是笑死人。」

面對少女的冷嘲熱諷，孔天強用布滿血絲的雙眼瞪著她，不甘心地痛恨自己為什麼會這麼軟弱。

「亞、亞麗莎，別再說了啦！」林家昂開口阻止吸血鬼少女，對孔天強擠出笑臉，「亞麗莎不是故意的，你別跟她計較……」

林家昂的模樣，不管怎麼看都像是普通大學生，身上沒有任何妖氣或殺氣，孔天強完全無法想像對方是懸賞一百萬美金的妖怪。

「還有，你現在最好別用魔法，因為你的魔力徹底用完了，至少需要一個禮拜的靜養才可以。」林家昂說，「然後簡單自我介紹一下，我是林家昂，而這位是亞麗莎．德古拉。」

「亞麗莎．德古拉！」孔天強瞪大雙眼，這是境內管制大妖怪的名字，判定等級超過ＳＳ，是傳說級別的妖怪。

亞麗莎．弗雷．德古拉，大名鼎鼎吸血鬼德古拉伯爵的後代，也是當今繼承「德古拉伯爵」名號的吸血鬼。

孔天強的呼吸開始變得沉重，他知道自己現在在哪了。如果林家昂跟亞麗莎都在，加上有把手臂完整接回去的技術，只有一個地方能做到——

「我不想廢話太多，就直接說了，廢物們，是我們救了你們。」口吐冰冷的語言，雙手抱住平坦的胸部，亞麗莎的臉上帶著輕蔑。「所以你們最好客氣一點，

少在那裡有的沒的。」

「亞麗莎，幹嘛這樣啦，別亂講話！」亞麗莎的語氣讓林家昂非常緊張，他很清楚孔天強是怎樣的人，再這樣刺激下去，就算孔天強沒有任何魔力也肯定會撲上去和亞麗莎扭打。「呃，孔先生，請不要在意這傢伙的話，她因為沒買到黑白兔限量版精品所以脾氣才這麼糟糕，平常很可愛的，所以請不要……痛！好痛！」

「你這才叫作亂講話。」亞麗莎狠狠踩住林家昂的腳，讓林家昂痛得瞬間噴淚。不過嘴巴上雖然這麼說、施展著暴力行為的亞麗莎臉蛋卻一片通紅。「什麼我很可愛……你這個變態！臭蟲！這根本就是性騷擾！色魔！根本是人渣中的人渣！」

「嘿、嘿嘿……」雖然被這麼羞辱，林家昂卻嘿嘿地笑了起來，接著又因疼痛而大叫，讓人完全搞不懂他此刻的感受。

此時，璃偷偷拍了孔天強的背，孔天強投以凶狠的眼神，要璃別在這時候來鬧事。

「咱想回去吃妙妙做的飯了」璃並沒有因此膽怯，她知道孔天強不用這種眼神看妖怪就會死掉。

「……我也是。」孔天強的撲克臉並沒有因為認同璃而產生變化，但眼神卻柔和許多。

璃則是回以一個燦爛的笑容，這笑容美得讓孔天強把臉轉回去，重新看向甜蜜吸血鬼二人組。「你們要什麼？」

「很好，你終於理解我的意思了。」亞麗莎重新把注意力放回孔天強身上。

「知道妖怪會吧？」

妖怪會，全名「妖怪發展促進協會」，總部在梵諦岡大教堂地下四十四層，是世界最大的妖怪非營利組織。主要任務是維護妖界和平、協調人妖關係，基本上可以視為妖怪界的中央政府，有超過八成的妖怪願意聽從妖怪會的指揮並遵守他們訂立的規定。

孔天強沒有回應亞麗莎的問題，她很明顯是明知故問，身為妖怪獵人怎麼可能不知道妖界的最大組織。

「我直接說重點。」血紅的雙瞳盯著孔天強和璃，「給我加入妖怪會。」

面對這麼直接的命令，孔天強先是愣了一下，接著臉色一沉，比平時多了幾分可怕。

「我拒絕。」孔天強說出意料之內的答案。

「你沒有拒絕的權利，你可是欠我們一條命，欠東西不用還？」

「亞麗莎、亞麗莎！妳別像討債集團好嗎？」林家昂上前拉住亞麗莎，再次對孔天強擠出笑臉，「真的很對不起，這傢伙真的沒有惡意！真的！」

看著亞麗莎咬牙切齒的模樣，孔天強完全不相信她沒有任何惡意。

「我們只是好意要協助你們，千萬別誤會！」林家昂注意到孔天強懷疑的表情，接著解釋。「因為，你們這樣大鬧導致機構盯上你們了，沒有意外的話你們可能會被通緝。」

「理由？」

「隨意濫殺妖怪。當然我知道你們沒有，只是機構這樣對外宣稱。」林家昂皺起眉頭，「所以，我們才會想要幫助你解決這個困難，加入妖怪會是最好的選擇。」

林家昂誠懇的眼神，讓孔天強知道他沒有說謊，但一想到妖怪會的本質，他的生理和心理都無法接受。

「我拒絕。」

孔天強說完後起身下床，拿了自己的衣服便往外走。璃立刻跟了出去，還一邊對亞麗莎做鬼臉。

「……沒關係嗎，亞麗莎？」看著兩人的背影，林家昂擔心地問。

「別擔心，他們一定會加入的。」亞麗莎的臉上浮現一抹狡猾的笑容。「暫時先這樣吧。」

「真讓人擔心，沒問題嗎？」

——《狐狸娘01》完

FOX SPIRIT

>>> Afterword_ 後記

各位新朋友舊朋友大家好，我是哈皮的說～首先請讓我對買書的各位至上謝意，感謝你們願意買書，真的讓人家感動得想哭了。（吸鼻涕）

這套書是哈皮的第三套書，不知不覺就已經三套了，從十八歲至今，轉眼間我已經是二十四歲的大葛格了，再過六年就會是能夠被稱為大叔的年紀。

我有個夢想，就是在成為大叔前能出十套書，只是很明顯地還有待努力，現在連一半的進度都不到啊！當然這也幾乎是我自己的問題，光是修稿就要修好幾次了……

總之，還是感謝各位大大願意買下這本書並且看到最後，我相信眼尖的朋友肯定會發現，書中出現的配角是前一套的主角，沒錯，就是虐待狂吸血鬼和被虐狂半吸血鬼的組合！亞麗莎和林家昂的故事，也就是《抖M的半吸血鬼》，如果各位有興趣可以去買來看看喔！這絕對不是工商，是分享，因為把各位當成好朋

友才和各位分享的喔！（直銷臉）

因為篇幅還有不少所以來聊聊近期工作吧。

除了平常的上班以外，我的工作就是寫作跟打LOL（x），一〇六年年初的時候很不怕死地開啟了網路連載，接著又開始《抖M的半吸血鬼》第二季，然後又外加遊戲製作的劇本，外加近期策劃的關於《少女前線》（G41讚讚der！）加上《艦隊收藏》（島風翔鶴prprprprpr），讓人忙到真的覺得如果一天能有四十八小時能用就好了……有人可以發明一日變四十八小時的機器我肯定會愛死你。

說到遊戲腳本，應該有不少人眼睛亮了一下吧？哈皮最近參加了RPG遊戲製作團隊「貓咪學園」，目前負責的工作是劇情撰寫，如果各位想要玩看看我負責劇情的遊戲，可以追蹤粉絲專業的消息喔！目前預計最快是《自私的十二月》，在裡面我負責的是角色的小故事，各位看了有什麼建議都歡迎跟我聊聊喔。

最後，感謝編輯L編不辭辛勞地不斷幫我看稿，感謝水佾老師畫出這麼可愛的插圖！我想舔舔，真的想舔舔！

連結專區：

哈皮的粉專

https://goo.gl/x1hZd9

身為被欺負的宅男的我能躲進遊戲裡過起第二人生（免費）

https://goo.gl/4yYHkn

抖M的半吸血鬼——第二季（免費，第一季需自費）

https://goo.gl/fmzF7G

不怕死靈異筆記本（免費）

https://goo.gl/y3DGjF

高寶書版集團
gobooks.com.tw

輕世代 FW275

狐狸娘01

作　　者　哈　皮
繪　　者　水　佾
編　　輯　林紓平
校　　對　任芸慧、林雨欣
美術編輯　林鈞儀
排　　版　彭立瑋
企　　劃　方慧娟

發 行 人　朱凱蕾
出　　版　英屬維京群島商高寶國際有限公司臺灣分公司
　　　　　Global Group Holdings, Ltd.
地　　址　臺北市內湖區洲子街88號3樓
網　　址　www.gobooks.com.tw
電　　話　(02) 27992788
電　　郵　readers@gobooks.com.tw（讀者服務部）
　　　　　pr@gobooks.com.tw（公關諮詢部）
傳　　真　出版部　(02) 27990909　行銷部 (02) 27993088
郵政劃撥　50404557
戶　　名　三日月書版股份有限公司
發　　行　三日月書版股份有限公司/Printed in Taiwan
初版日期　2018年7月

國家圖書館出版品預行編目(CIP)資料

狐狸娘 / 哈皮著.-- 初版. -- 臺北市：高寶國際,
2018.07-
　冊；　公分. --

ISBN 978-986-361-518-7(第1冊：平裝)

857.7　　　107003454

◎凡本著作任何圖片、文字及其他內容，未經本公司
同意授權者，均不得擅自重製、仿製或以其他方法加
以侵害，如一經查獲，必定追究到底，絕不寬貸。
◎版權所有　翻印必究◎

三日月書版

三日月書版

GOBOOKS
& SITAK
GROUP©

GOBOOKS
& SITAK
GROUP©